LAS PEQUEÑAS MENTIRAS

LAS PEQUEÑAS MENTIRAS

Laura Balagué Gea

GRUPO ZETA

Barcelona • Madrid • Bogotá • Buenos Aires • Caracas • México D.F. • Miami • Montevideo • Santiago de Chile

1.ª edición: febrero, 2015

© Laura Balagué, 2015
© Ediciones B, S. A., 2015
© Consell de Cent, 425-427 - 08009 Barcelona (España)
www.edicionesb.com

Printed in Spain
ISBN: 978-84-666-5625-2
DL B 190-2015

Impreso por LIBERDÚPLEX, S.L.
Ctra. BV 2249, km 7,4
Polígono Torrentfondo
08791 Sant Llorenç d'Hortons

*Para Julio, que siempre dijo
que la tercera sería la buena*

Rosa bajó del topo[1] a las siete menos cuarto, como siempre. Era completamente de noche y solo se apearon cuatro viajeros en la estación de Amara, los mismos de cada día. La mañana de diciembre estaba oscura, lluviosa y desapacible. Se abrochó el botón de arriba de la gabardina y apresuró el paso. No tardaba más de diez minutos en llegar a la plaza de Gipuzkoa. Si se daba prisa, al acabar en la tienda le daría tiempo a tomarse un café y comprar la tela para el vestido de casera[2] de su nieta antes de ir a casa de las Urdampilleta. ¡Qué pesadas eran aquellas mujeres, Dios bendito! Suerte que en la tienda estaba sola y se bandeaba a su gusto. Rodeó la plaza por los soportales. Cuando estaba oscuro no le gustaba cruzar el jardín de los patos. Llegó a la puerta metálica y se agachó para abrirla. Nada más entrar desactivó la alarma y encendió el in-

1. Tren de vía estrecha de Cercanías de San Sebastián.
2. Traje típico que recrea la indumentaria que vestían antiguamente los habitantes de los caseríos.

terruptor general. Entonces la vio. Estaba de costado, en el suelo, entre el probador y los percheros. La cara se le veía a través del espejo, los ojos azules abiertos y fijos, la melena rubia llena de sangre, tendida en las suaves pieles de castor; y todos los abrigos del perchero teñidos de rojo oscuro, del color de la sangre que empapaba su pelo.

UNO

Carmen dio otra vuelta en la cama. Las cinco y media. Era inútil intentar volver a dormir; cuando se despertaba a esa hora ya sabía que lo mejor era levantarse. Y con los años, cada vez le pasaba más a menudo. En el cuarto de baño recogió varias prendas desperdigadas por el suelo y las echó al cesto de la ropa sucia: no conseguía entender por qué esos dos metros que separaban el cesto de la ducha constituían una distancia insalvable para sus hijos. Puso la cafetera y abrió el frigorífico en busca de inspiración para la cena. Definitivamente, era imprescindible hacer la compra. Cogió un par de zanahorias, un puerro y un pimiento verde con aire mustio del cajón de las verduras y los dejó en la encimera. Mientras tomaba el café organizó mentalmente la jornada. Tenía dentista a las ocho. Luego debía asistir a ese soporífero curso de «Calidad en los procesos policiales. Cómo mejorar la atención al ciudadano». Se le ponían los pelos de punta solo de pensar en ese *power point* lleno de raspas de pescado, agujeros de queso, flechas y esas preguntas filosóficas: ¿Qué? ¿Cuándo? ¿Por qué? y ¿Para qué? Pero no había opción. Lo malo sería explicarlo y pretender convencer al resto del personal de comisaría de que aquello tenía algo que ver con trabajar mejor. Terminó el café, enjuagó la taza y la metió en el lavavajillas. Comenzó a picar las verduras. Además, le fastidiaba tener que ir con Fuentes al curso. Con ese aire de listillo «es muy fácil, oficial, crea un hipervínculo y ya está». Siempre la trataba con condescendencia. En fin, el día no prometía.

Mientras las verduras se doraban puso una lavadora. Estaba lloviendo otra vez. Para animarse pensó que le quedaban nueve días de vacaciones y que iría a algún sitio soleado a pasar el fin de año. A Canarias o a Marruecos. Le tenía que decir a Mikel que mirara algo. Pasar el fin de año al sol y sin hijos. Suspiró. Miró el reloj mientras añadía un bote de tomate a las verduras y bajaba el fuego. Cuando se duchaba, sonó su móvil. Salió corriendo con la cabeza llena de jabón, pero Mikel ya estaba en el pasillo y le tendía el teléfono con cara de sueño.

—¿Sí? ¿Qué hay, Aduriz? ¿Dónde?

Cogió un boli —que, por supuesto, no funcionaba— y rebuscó por la cocina hasta encontrar un rotulador; y apuntó un nombre y unas señas.

—¿Está el forense? ¿Y la Científica?

El agente contestó afirmativamente a las dos preguntas y le preguntó si podía acudir de inmediato.

—Sí, ahora mismo voy. Oye, Aduriz, ¿tiene pinta de atentado?

Ante la respuesta de que no lo parecía, Carmen suspiró aliviada.

—Vale, mejor así. En quince minutos estoy ahí.

Se vistió a toda prisa. La cremallera de la falda se negaba a cerrarse; metió tripa y consiguió subirla. Dio un beso suave a su marido y abandonó de puntillas la habitación. No le gustaba nada ser la primera en salir de casa, dejarlos a todos bien arropados, durmiendo y zambullirse en la oscuridad lluviosa que eran las mañanas de invierno donostiarras. Antes de salir de casa retiró la salsa del fuego y escribió una nota de instrucciones a sus hijos con la total seguridad de que sería ignorada.

Eran casi las ocho menos cuarto cuando llegó a la peletería. Tenía que acordarse de llamar al dentista para cancelar la cita. Ese pensamiento la consoló, era un caso de fuerza mayor. Las tiendas aún estaban cerradas, pero ya se veía bastante gente por la calle. Aduriz la estaba esperando y le hizo una seña desde el portal. Carmen entró y le siguió hasta una puerta que comunicaba con la tienda. Habían bajado la persiana del escaparate para evitar a los curiosos. Los de la Científica, el equipo del Juzgado de Guardia y el forense rodeaban a la víctima. A Carmen le dio la sensación de que estaba en el escenario de una película. La mujer rubia envuelta en pieles, los abrigos manchados de pintura. Parecía una puesta en escena. Sacudió la cabeza para desechar esos pensamientos absurdos.

—¿Habéis hablado con la familia?

Aduriz negó con la cabeza.

—La estaba esperando a usted, inspectora, ¿quiere que vaya yo?

—No, deja, luego vamos. ¿Quién la ha encontrado?

—La limpiadora. Está ahí dentro. —El policía señaló una puerta.

Carmen se dirigió a la trastienda. Una mujer de unos sesenta años estaba sentada con los ojos rojos. En una mesa junto a ella se veía una taza con una infusión. A su lado una agente de la Científica sujetaba unos pañuelos de papel. Al ver entrar a la inspectora volvió con sus compañeros.

—Buenos días. Soy la inspectora Arregui. Me gustaría que me contara cómo ha encontrado el cuerpo.

La mujer se sonó y miró a Carmen.

—Ya se lo he contado a este señor —señaló a Aduriz—, pero si quiere se lo repito.

La inspectora asintió.

—He llegado cuando daban las siete y he abierto con mi llave. He quitado la alarma y he dado la luz. La he visto ahí tirada y he salido corriendo a la Casa de Socorro. Ellos les han llamado y me han dado una pastilla para los nervios.

—¿Ha tocado algo?

La mujer negó con la cabeza.

—No señora, de lejos se veía que estaba muerta, con esos ojos tan fijos y sin moverse nada. Y los abrigos pintados. Ni he pensado, he salido corriendo.

—¿Los de Urgencias han venido a comprobar si estaba muerta?

—Sí —intervino Aduriz—, por lo visto una médica y una enfermera la han acompañado, han certificado la muerte y han llamado al 112.

—¿Sabe quién es? —preguntó Carmen a la mujer.

—Sí, claro. —La mujer parecía asombrada por la pregunta—. La dueña, la señora Cristina Sasiain. ¿No la conoce?, conocía quiero decir. Ha salido muchas veces en *El Diario Vasco*.

Carmen no le aclaró que ella no compraba *El Diario Vasco*, pero el nombre de la difunta sí le era familiar, aunque no podía precisar de qué le sonaba.

—Puede irse a casa. Dé sus datos a mi compañero y ya la llamaremos si la necesitamos. ¿A qué hora se abre la tienda?

—A las nueve y media. Yo me voy antes de que lleguen, menos el día que toca cristales, almacén o algo así, que me quedo hasta que vienen y a veces algo más. A veces coincido con la encargada; ella suele venir antes. Para las nueve ya está aquí. Los del taller, si hay mucha faena, también vienen pronto, pero muchos días me voy sin verles.

—Bien, gracias por su ayuda.

—Perdone, ¿mañana vengo?

Carmen negó con la cabeza.

—No, tardarán unos días en abrir. ¿La señora Sasiain era la única dueña?

—No, está su socia, la señora Noailles. Claro, tendré que preguntarle a ella cuándo he de venir.

Carmen volvió a la tienda y se dirigió al forense. Era Luis Tejedor, el que más confianza le inspiraba. Un hombre prudente y respetuoso con las víctimas. Trataba los cuerpos con tanta delicadeza como si temiera hacerles daño.

—Voy a ver a la familia. ¿Puedes decirme algo?

—Poca cosa por ahora, aunque la causa de la muerte parece evidente. Lleva varias horas muerta, entre ocho y diez. Le dispararon por la espalda. Tiene el orificio de entrada en la nuca, pero no hay orificio de salida. La muerte debió de ser instantánea. No se observan equimosis en los brazos ni señales de lucha, como si la hubieran pillado por sorpresa. Parece que luego la colocaron sobre los abrigos. Hay un reguero de sangre desde ahí —señaló un rincón de la tienda— hasta donde está ahora. Hasta que no haga la autopsia no puedo decirte nada más.

La inspectora se abrochó el abrigo y, después de dar instrucciones a un agente para que informara a las dependientas cuando llegaran, le dijo a Aduriz que la llevara en coche hasta el domicilio de la víctima.

—¿Sabes dónde es? —le preguntó.

—Sí, inspectora, he llamado a la comisaría. Está en la subida al faro. Una villa.

Subieron al coche patrulla aparcado en una bocacalle que daba a la plaza. Seguía lloviendo y las ráfagas de aire hacían inútiles los intentos de los viandantes por taparse con los paraguas. Aduriz puso la calefacción a tope.

—Gracias, Iñaki. ¿Cómo se llama el marido?

—Andoni Usabiaga. Su familia es de Zumárraga. El padre tenía una fábrica de maquinaria metalúrgica, pero el hijo se dedica a la construcción.

—Me suena el nombre de haberle oído a mi padre. Cuando yo era joven, los de Legazpi trabajaban en Patricio Etxeberría, y los de Zumárraga, en Usabiaga. ¿Tienen hijos?

—Sí, tres. Ya mayores: un chico de veinte, una hija de dieciocho y el pequeño de diecisiete. Es el único que vive con sus padres, los otros estudian fuera. Me ha pasado la información Lorena cuando le he dicho quién era la víctima.

Carmen sintió un escalofrío. A ella no le parecían nada mayores para perder a su madre. Pensó en Gorka y Ander. Eran de la edad del pequeño de Cristina Sasiain y ella los veía aún totalmente indefensos frente a la vida.

No había mucho tráfico por el paseo de la Concha. El mar estaba gris y revuelto. Los tamarindos pelados parecían espectros en el paseo. A Carmen siempre le sorprendía el aspecto de la bahía pese a verla a diario. Los cambios de color azul, verde, gris, plateado; el aspecto liso como un espejo o con olas que llegaban al paseo; los juegos de luz con el sol y las nubes; la posibilidad mágica de ver el rayo verde. Ella no era donostiarra, nació en Legazpi, un pueblo al que la autovía había acercado mucho a la capital, pero en su infancia ir a la playa de la Concha era un plan complicado en el que se empleaba el día entre ir y venir. Con todo, consideraba San Sebastián *su* ciudad y estaba casi tan orgullosa de ella como de sus hijos. Le encantaba enseñarla a amigos que venían de vacaciones, como si ella hubiera contribuido a conseguir esa belleza.

La subida al faro era un camino lleno de curvas. Las villas a veces no tenían el número visible, algunas solo exhibían el nombre «Gure Amets», «Itsas Lore», «Villa Pepita». Qué nombres ponía la gente a sus casas. Casi Villa Pepita era lo más acertado; cuando se ponían poéticos era mucho peor.

—Ahí es —dijo Aduriz señalando un muro de piedra con un letrero que decía «Villa Cristina».

Carmen bajó la ventanilla y tocó un timbre. Junto al altavoz se veía una cámara de vídeo. Una voz con un suave acento latino preguntó:

—Sí, ¿quién es?

—Ertzaintza. Queremos hablar con el señor Usabiaga.

—¿Quién dijo?

—Policía —contestó Carmen con afán de abreviar.

La verja de hierro se abrió de forma automática y Aduriz tomó un camino en cuesta rodeado de castaños de Indias y hortensias secas que terminaba en una extensión de césped en la que se levantaba la casa. Carmen imaginó lo bonito que debía de ser ese lugar en verano.

Villa Cristina era una casa blanca de dos pisos. Tendría cerca de los cien años. Estaba perfectamente conservada: los postigos de madera verde oscuro parecían recién pintados, el césped recortado y los parterres floridos de ciclámenes de varios colores indicaban la presencia frecuente de un jardinero. Dos pastores alemanes se abalanzaron ladrando sobre el coche. Se abrió la puerta y salió una chica morena con vestido y delantal de cuadritos azules y llamó a los perros. Todavía ladraron un poco, pero acudieron donde la muchacha, que los ató a la barandilla del porche y luego hizo señas de que se aproximaran.

—Ven conmigo, Iñaki. Cuatro ojos ven más que dos.

Al recorrer los pocos metros que separaban el coche de la casa, una ráfaga de lluvia los empapó. En el vestíbulo de madera encerada un espejo les devolvió una imagen lamentable de sí mismos. El pelo pegado y goteando, ojeras y la ropa calada. La joven les indicó que esperaran y les señaló un sofá blanco inmaculado donde Carmen y Aduriz no se atrevieron a sentarse.

Mientras esperaban al dueño de la casa, Carmen

sacó un pañuelo de papel del bolso e intentó secarse un poco y colocar las greñas mojadas por detrás de las orejas para conseguir un aspecto, al menos, más ordenado.

No tuvieron que esperar mucho, a los pocos minutos apareció Andoni Usabiaga. Tenía ese aire desarreglado elegante que da el dinero mantenido durante varias generaciones. No era exactamente guapo pero sí atractivo, pensó Carmen. Ojos grises, nariz grande, delgado y con manos bonitas. Su cara expresaba sorpresa.

—¿En qué puedo ayudarles?

—Verá, señor, tenemos malas noticias. Su esposa... —dijo Carmen.

El hombre mantenía una expresión interrogante.

—Lo siento mucho, pero su esposa ha aparecido muerta esta mañana en su tienda.

El hombre se puso rígido.

—¿Muerta? ¿Cristina? Cristina no puede morirse. Tiene que ser un error.

—Lo lamento, la limpiadora de la tienda la ha reconocido.

—Pero... ¿cómo?

—Un disparo, señor.

El hombre se dejó caer en el sofá, abatido. Miraba desconsolado a los agentes, como esperando una explicación.

—¿Un atentado? —preguntó.

—Todavía es pronto para decir nada, pero no parece probable. Mire, sé que acabamos de darle una noticia terrible, pero, si se siente capaz, necesitaríamos hacerle algunas preguntas.

Usabiaga se levantó y les hizo un gesto para que le siguieran. Entraron en una habitación que parecía ser un estudio. Una mesa grande de trabajo con dos ordenadores miraba a un ventanal que daba al jardín. Se veía el mar a lo lejos. Estanterías llenas de libros, dos sillones de lectura y unas excelentes sillas de trabajo completaban el mobiliario. Fotografías enmarcadas de niños rubios, guapos y sonrientes, de diferentes edades, decoraban las paredes. Un grabado de Chillida y una pintura de Zumeta añadían otro toque de clase.

A Carmen le vinieron a la cabeza unas láminas que compró en Londres y que decoraban la sala de su casa y de otras tres mil. Se centró en el hombre que tenía delante. Estaba de color gris. Probablemente daría la casa y su contenido por volver a ver a su mujer. Se dirigió a él con delicadeza.

—¿No estaba preocupado por su ausencia?

—No, me comentó que se quedaría en casa de Lucía, su socia. Andaban de preparativos para un desfile y pensaban trabajar hasta tarde.

—¿Su mujer había recibido amenazas?

—No. Bueno... Hace años, sí, por no pagar el impuesto revolucionario; pero de eso hace mucho. Ahora nos considerábamos relativamente seguros, aunque Cristina prefería que los chicos estudiaran fuera. Nunca temía por ella, pero por nosotros...

La voz se le quebró. Carmen esperó a que tomara un poco de agua de una botella que había en la mesa.

—¿Se le ocurre alguien que pudiera desear su muerte?

—No, claro que no. Me parece una locura, una pesadilla. Somos gente normal, no nos dedicamos al narcotráfico ni somos de la mafia. No conozco a nadie que desee la muerte de nadie. Solo se me ocurre un robo.

—No sabemos si faltaba dinero. Los abrigos estaban en la tienda, pero alguien los había pintado con un espray rojo.

—¿Ecologistas? —Usabiaga puso cara de asombro—. Mi mujer ha organizado algunos desfiles en el hotel María Cristina. En una ocasión un grupo de ecologistas se dedicó a echar pintura a la gente que entraba en el salón, pero de ahí a matar a alguien...

Carmen sacó un cuaderno.

—¿Recuerda cuándo fue eso?

—Hace dos; no, tres años. A finales de octubre. Yo estaba en Nueva York y recuerdo que me llamó indignada. Pero creo que eran un grupo de infelices; cuatro gatos que van a las corridas de toros, a los desfiles de pieles y cosas así. La verdad es que la tenían tomada con ella. A Cristina le gustaban los toros. Cuando se inauguró la plaza de Illumbe, ella tenía abono. A veces les increpaban a la entrada, pero ella, en vez de achantarse, al día siguiente hacía unas declaraciones a los periódicos diciendo que el toreo era un arte y que peor le parecían las granjas de pollos. —Puso una sonrisa triste—. Cristina es, era así. ¿Creen que los ecologistas pueden estar implicados?

—Probablemente no, pero en este momento hay que considerar cualquier posibilidad. No queremos molestarle más, ya nos pondremos en contacto con usted. Le llamarán cuando acaben los trámites del forense y la Policía Científica.

El hombre se levantó para acompañarles. Carmen pensó que la cortesía debía formar parte de sus genes para manifestarse en aquellas circunstancias.

Al montarse en el coche, los dos relajaron los hombros, como si acabaran de desprenderse de una losa muy pesada.

DOS

Cuando llegaron a la comisaría, Lorena les estaba esperando con café recién hecho. Carmen y Aduriz lo agradecieron; estaban calados, destemplados y tristes, como siempre que volvían de comunicar una muerte a la familia.

—El jefe quiere verla, ha llamado hace un rato.

—Bien, voy ahora mismo. ¿Tienes más información?

Lorena le alargó una carpeta.

—He preparado una lista con los nombres y teléfonos de los trabajadores de la peletería. También está el de la socia.

—Gracias, Lorena. En principio vais a trabajar en este caso Aduriz y tú. Y Fuentes, claro —añadió con tono resignado.

—Está en el seminario de calidad. ¿Quiere que le avise?

—No, ni se te ocurra, quiero decir que no hace falta; es solo hoy y ya es media mañana. Además, alguien tenía que ir al seminario. Ahora voy a ver qué quiere el comisario. Mientras tanto mirad a ver si averiguáis qué grupos ecologistas hay en la ciudad y quiénes fueron los que boicotearon el desfile del hotel María Cristina.

El comisario Landa parecía muy atareado mirando unos papeles, pero lo dejó todo en cuanto vio a Carmen.

—Pase, oficial, pase. Este asunto no me gusta nada.

Carmen se mantuvo en silencio. Sabía que todo lo que pudiera atraer la atención de la prensa o de los políticos, nunca *gustaba nada* al comisario.

—Vamos a tener a toda la prensa aquí en un rato. ¿Qué sabemos?

—Por ahora, poca cosa. No parece un atentado. Diga lo de «no se descarta ninguna hipótesis» y deles largas. Que publiquen la biografía de la víctima, que hagan un panegírico y que nos dejen trabajar.

—Sí, claro. Para usted es muy fácil decirlo, pero soy yo el que tiene que lidiar con ellos.

—Pero eso se le da muy bien, comisario. Con la labia que usted tiene...

—Bueno, haré lo que pueda; pero ustedes espabilen y a ver si lo aclaran cuanto antes, que aquí va a llamar medio Donostia, con lo conocida que era esta mujer. Y por supuesto, cualquier indicación de los de la Antiterrorista debe ser seguida.

—Ya le he dicho que parece que no es un atentado...

Landa hizo un gesto con la mano.

—Eso lo dirán ellos. Comuníqueme cualquier novedad que se produzca.

Carmen bajó la escalera preguntándose por qué siempre le tocaba a ella templar gaitas, seguir la corriente, procurar no herir susceptibilidades y perder el tiempo en tonterías cuando había tanto por hacer. Por la paz un avemaría, bien, pero a ella le tocaban rosarios con letanías incluidas. La verdad es que, aunque a veces le sacaban de quicio el aspecto político del comisario, su preocupación por la prensa y el exagerado aprecio por las formalidades, en el fondo lo respetaba y lo apreciaba.

De hecho, si ella seguía en el cuerpo se lo debía a él. No llevaba mucho tiempo trabajando, tres años desde que acabó en Arkaute,[3] cuando tuvo un accidente de coche en el que murió su compañero. Conducía ella. Quiso dejar de conducir y abandonar el cuerpo, pese a que el camión se había saltado un stop y ella no tenía ninguna culpa. Landa, que por entonces era suboficial, no se lo permitió. Pasó horas hablando con ella, diciéndole que si se rendía entonces iba a tener que pasar la vida escondida, cargando con el miedo a sus espaldas,

3. Academia de la Ertzaintza.

que tenía que superar aquello y, si luego seguía queriendo dejar de ser ertzaina, era libre de hacerlo. Era curioso, con todo lo que le había tocado vivir, con las épocas tan difíciles que pasaron en los años más duros de ETA, aquel fue el único momento en que quiso dejar la Ertzaintza. Por eso, aunque luego él había hecho carrera rápido y era un hombre muy ambicioso, le seguía considerando una buena persona. Carmen entró en su despacho. Los dos agentes estaban enfrascados en sus ordenadores.

—¿Tenéis algo?

—Bueno —contestó Aduriz—. Asociaciones registradas hay cinco, después están las plataformas contra la incineradora, un grupo antitaurino, los de la protectora de animales...

—Yo he encontrado el atestado del incidente del desfile que nos comentó el marido —intervino Lorena—. Son un grupo pequeño, no están en el registro de asociaciones. Se llaman Pangea y el fundador del grupo es un tal Kepa García. Hay más información sobre él. El año pasado resultó herido cuando intentó liberar a una cabra que llevaba un grupo de músicos callejeros.

—¿Liberarla? —preguntó Carmen.

—Sí, eso pone el informe. Según sus palabras, «una cabra pierde su dignidad si le obligan a dar vueltas en una banqueta a ritmo de pasodoble. No solo los grandes simios merecen la consideración y el respeto. Cualquier animal tiene derecho a un trato justo y un entorno acorde con su naturaleza». Parece que no solo le agredieron los dueños del animal, la propia cabra le mordió.

—Para que veas, de desagradecidos está el mundo lleno. Bueno, chicos, este os lo dejo a vosotros para interrogar. Si voy yo igual le obligo a bailar *Paquito el Chocolatero* y me denuncia por torturas. Pero es únicamente por cubrir el expediente; un tipo así está zumbado, pero no le pega nada llevar armas de fuego. Yo me voy a ver a la socia. Quedamos aquí a las dos.

Carmen decidió ir andando a casa de Lucía Noailles. Estaba en Miraconcha, a diez minutos andando desde la comisaría. Era uno de los sitios que ella hubiera elegido para vivir de haber sido rica. Ese o el puerto. Era un juego al que jugaba a menudo con su amiga Miren: «Si te tocara la lotería y pudieras elegir el sitio que quisieras de Donostia, ¿dónde vivirías?» Las dos pensaban la respuesta tan seriamente como si ya les hubiera tocado y tuvieran que valorar la falta de comercios en el paseo junto al río, el ruido en la parte vieja o la humedad en el puerto. Su amiga solía inclinarse por una villa en Ondarreta, pero ella prefería un piso alto con terraza en Miraconcha. Esa cuesta tranquila y poco transitada con casas señoriales que acababa en el Palacio de Miramar. Cuando nació su hijo Gorka solía pasear por allí y leer el periódico en el parque durante la baja maternal. Fue un otoño especialmente benigno y lo recordaba como una etapa maravillosa, de adaptarse con placidez a los ritmos del bebé y no hacer nada. Sí, mejor que el puerto. Desayunaría en la terraza con vistas a la bahía, estaría en el centro y sin embargo la casa sería tranquila y silenciosa. Ya solo le faltaba el dinero, la decisión estaba tomada.

La lluvia había cedido y el paseo le despejó la cabeza. Lorena se había asegurado de que la señora Noailles estuviera en casa; sabía que ella prefería ver a los testigos en su medio si era posible, pues le aportaba lo que ella llamaba «información invisible», que muchas veces era de utilidad.

Llamó al timbre y por segunda vez en el día una cámara de vídeo grabó su imagen.

Un ascensor lleno de espejos la llevó al quinto, donde Lucía Noailles la esperaba en la puerta.

Carmen mostró su placa y se presentó. La socia de Cristina Sasiain era una mujer de unos sesenta años bien llevados —aunque no retocados, pensó Carmen—. Vestía un traje pantalón probablemente carísimo pero muy discreto, no llevaba joyas y el maquillaje era muy suave. Procuraría tener ese aspecto cuando consiguiera vivir allí, pensó.

La hizo pasar a un amplio salón con vistas al mar.

Los muebles eran en su mayor parte modernos, aunque una vitrina de caoba llena de libros tenía aspecto de herencia familiar o tienda de anticuarios. Se sentaron en un sofá de piel, y Carmen, después de rechazar un café, sacó una grabadora del bolso.

—Todavía no me lo puedo creer. Me ha llamado Andoni. Antes que ustedes, quiero decir. Creo que aún no había reaccionado. Es tan increíble... De toda la gente del mundo, ¡Cristina!

—El señor Usabiaga dijo algo parecido, creo que fue «Cristina no puede morirse».

—Es que resulta imposible de imaginar. Era la persona más vital que he conocido, a veces demasiado. —Sonrió con tristeza—. Nunca estaba enferma ni cansada.

—También nos dijo que pensaba que su mujer estaba durmiendo en su casa.

—Sí, ese era el plan inicial, pero me llamaron unas amigas para decirme que tenían entradas para un ballet y cambiamos la cita; iba a venir hoy.

—¿Desde cuándo la conocía?

—¡Uf! De toda la vida. Nuestras familias eran amigas. Yo era varios años mayor. De hecho era de la cuadrilla de su hermana Coro, que se casó y se fue a Venezuela cuando éramos muy jóvenes. Yo estudié Filosofía y Letras en Madrid, pero luego me casé y me vine a vivir aquí. Tenía mucho tiempo libre y me aburría. Cristina me propuso poner un negocio y no me lo pensé dos veces.

—¿Por qué una peletería?

—Pues no sé... Teníamos claro que iba a ser algo relacionado con la moda. Tiendas de ropa ya había muchas; peleterías, menos y todas muy clásicas. Decidimos que a nuestra tienda le daríamos otro aire, más moderno. La verdad es que fuimos muy lanzadas, pero nos salió bien.

—¿Cómo era Cristina Sasiain? Y por favor no me diga que muy buena persona, eso lo damos por supuesto, quisiera saber qué tipo de persona era.

Lucía Noailles pareció reflexionar un instante antes de responder.

—Ya le he dicho que era muy vital, muy activa. También era muy creativa y lanzada. Ella llevaba toda la parte de diseño de la tienda y yo me ocupaba de los números, los proveedores y el personal. Cada una hacíamos bien nuestra parte y éramos nefastas en la otra. A Cristina le gustaba variar, no soportaba las rutinas; era un poco aventada y tenía muchos cambios de humor. Sabía ser encantadora, pero también podía ser muy irascible. Y necesitaba ser el centro de atención en todo: en el negocio, en las fiestas, en cualquier parte. Salía mucho en los periódicos locales: hablaba de moda, salía su foto en inauguraciones, dirigió un movimiento contra el impuesto revolucionario...

—Era valiente. ¿Recibió amenazas?

—Sí, era valiente y un poco inconsciente, quizás todos los valientes lo son. Efectivamente, recibió amenazas, pero en vez de asustarse se creció; pero eso fue hace años. Hace mucho que no recibíamos una carta de ese tipo en la tienda y estoy segura de que tampoco las recibió en casa, me lo hubiera dicho. Cristina no era reservada.

—¿La notó preocupada o asustada últimamente? Lucía titubeó.

—No, bueno, estaba más temperamental que de costumbre y la pillé llorando un par de veces, pero no le di mucha importancia.

—¿Por qué? ¿Solía pasarle con frecuencia?

—En los últimos tiempos, bastante. Verá, Cristina había sido una belleza, y todavía estaba espléndida para sus cincuenta y dos años, pero en los últimos tiempos estaba obsesionada con el deterioro. Se hacía toda clase de tratamientos de belleza, gastaba una fortuna en cosméticos, iba al gimnasio todos los días y controlaba mucho el peso. Pero el paso del tiempo es inevitable y eso ella no era capaz de aceptarlo. Pero yo pensaba que, antes o después, terminaría por asumirlo.

—¿Tenía problemas familiares o económicos?

—No, en absoluto. Por lo menos ahora. Pasaron una época muy mala cuando su hija, Cristina, tenía 14 o 15 años. No sé si fue exactamente anorexia, pero estuvo mal. Cristina siempre había estado muy orgullosa de su hija. La verdad es que era una joya de niña: guapa, lista, simpática. Y, de pronto, en la adolescencia, empezó a dar problemas. Pero ahora estaba mucho mejor, yo creo que le sentó bien ir a estudiar fuera. Por lo demás, no. Andoni es un hombre muy paciente que sabía llevarla muy bien. Ya sabe que dos no riñen si uno no quiere. Y los chicos ahora están bien. Álvaro, el mayor, está de Erasmus en Estocolmo y Cristi en Madrid estudiando arquitectura. El pequeño, Guillermo, está en segundo de bachiller y tenía pensado hacer unos cursos de diseño y corte de peletería en Barcelona. Tiene intención de seguir en el negocio. Era el ojito derecho de Cristina. Pobrecillo, es el que peor lo va a pasar, estaba muy apegado a ella.

—Supongo que no tiene ni la más remota idea de quién puede haber cometido el crimen...

—No, me desconcierta. Si no entraron a robar y la encontraron allí... A veces se quedaba hasta bastante tarde en la tienda.

—¿Sola?

—Sí, yo suelo ir por las mañanas, pero por la tarde es excepcional que me quede después de cerrar. Teníamos biorritmos muy diferentes.

Carmen le agradeció su ayuda, y le dijo que probablemente volverían a ponerse en contacto con ella y que un agente la acompañaría a la tienda para ver si faltaba algo.

Al salir a la calle conectó el móvil y vio varias llamadas de la comisaría. Se encaminó de vuelta pensando qué tarea le podía encomendar a Fuentes que fuera larga y alejada de su lado.

TRES

Eran más de las ocho y media cuando Carmen entró en su casa. Colgó el abrigo mojado en el perchero y miró con aire abatido los libros, zapatillas de deporte y latas de Coca-Cola vacías que estaban en el suelo. Se dejó caer en el sofá y lanzó un «hola» desganado. Se oía música de rap a través de la puerta cerrada del cuarto de Gorka. ¿Cómo podría concentrarse con esa música? El caso es que iba bastante bien en la universidad, de manera que mejor ni comentar.

Mikel apareció en la sala con las gafas en la punta de la nariz y un destornillador en la mano. Debió de apreciar el cansancio en la cara de Carmen porque lo dejó en la mesa, se fue a la cocina y volvió con una copa de vino y unas aceitunas en un plato.

—¿Mal día?

—Largo —contestó ella— y cansado.

—¿El asesinato de la peletera?

Ella asintió.

—Lo he oído por la radio al volver del instituto. Si te toca a ti es que no ha sido atentado, ¿no?

—No, no parece. Nada hace pensar en ETA: ni el arma, ni la víctima, ni cómo estaba la escena del crimen. Además no lo ha reivindicado. Pero tenemos que pasar un informe diario a los de la Antiterrorista, por si acaso. Más papeles. He pensado que me pondré después de cenar; tengo dolor de cabeza y estoy agotada.

—¿Estás con Fuentes?

—Sí —contestó con desánimo—. Suerte que también tengo a Lorena y Aduriz, si no me corto las venas. ¿Por qué no pedirá este hombre un traslado a algún sitio?

—Hay una ley no escrita que dice que en todo departamento hay, por lo menos, un imbécil. Debe de ser algo de la justicia cósmica. Mira Begoña, la de mi departamento, o el jefe de estudios. Hay que aceptarlo. Si se van, te mandan a otros. Quizás sea mejor un imbécil conocido.

Carmen puso cara de duda.

—¿Has hecho la compra?

—Sí, no la traen hasta mañana. Pero hay espaguetis y he comprado pan. Ahora mismo me pongo; tú descansa un rato.

Carmen puso las noticias locales. Estaban hablando del asesinato de Cristina Sasiain. Aparecieron varias imágenes de archivo donde se veía a la peletera en una fiesta del Festival de Cine, en un acto benéfico, en un desfile de modas. Realmente era guapa —pensó Carmen—. O quizás atractiva. Desde luego muy elegante y tenía una sonrisa preciosa. Los reportajes parecían bastante recientes y en ellos aparentaba bastantes menos de los cincuenta y dos que tenía. Se miró en el reflejo del cristal. ¿Qué hubiera hecho Cristina Sasiain de haberse visto con ese pelo revuelto y esas ojeras?

Volverse a morir. Aunque no era la forma de envejecer lo que las diferenciaba, suponía que las fotos de ambas con veinte años no tendrían nada que ver. Imaginaba que la mujer habría sido la Virgen María de las funciones escolares, la Bella Easo de las tamborradas y la más guapa de los guateques. Probablemente, eso hacía más difícil aceptar la madurez, la gente no se desvivía por complacerte por tu cara bonita. Aunque a ella le quedaban muchas bazas: dinero, elegancia, relaciones... La verdad es que envejecer no es divertido para nadie. Carmen no se consideraba especialmente coqueta, pero en los últimos tiempos pensaba más a menudo en el deterioro físico. Por ejemplo en verano, cuando iba a la playa y veía a los niños y jóvenes, tan hermosos sin ser conscientes de ello. Probablemente muchas de esas chicas pensaban que tenían celulitis o poco pecho, o demasiado, y no valoraban la luz que otorga la juventud. Ella misma había sido más guapa de lo que recordaba. Siempre se tuvo por una chica del montón, quizás por ser morena y de ojos oscuros. De joven hubiera dado cualquier cosa por tener los ojos azules o verdes; tanto, que había fantaseado con la idea de unas lentillas de colores. Ahora, cuando veía fotos antiguas, se daba cuenta de que, sin ser una belleza, había sido bastante guapa. Y delgada, pensó con un suspiro. Esos años en que podía comer cualquier cosa sin ganar un gramo. Es cierto que entonces hacía mucho deporte y el entrenamiento de la Ertzaintza también ayudaba, pero lamentaba no haber disfrutado más de esa época en la que casi estaba mal visto presumir. También lo pasaba mal al ir de compras. Años atrás el problema era que no se podía permitir comprar lo que le gustaba; ahora que tenía más dinero le resultaba difícil encontrar ropa que la favoreciera. Con todo, habitualmente estaba demasiado ocupada para entregarse a esas reflexiones y, por suerte, las amigas envejecían a la vez que una.

Volvió a la pantalla. La periodista entrevistaba a una de las empleadas frente al escaparate de la peletería. Era una mujer de mediana edad, con cara de haber llorado, pero que se expresaba bien, con sencillez y claridad, sin decir tonterías. Debía de ser la encargada, ya le había comentado Lorena que parecía una mujer muy lista.

Le distrajo el sonido de la puerta. Ander entró

arrastrando los pies. Murmuró un gruñido que su madre interpretó como un saludo y, después de dejar un par de cosas más en el suelo, se fue a su habitación.

Carmen miró a su alrededor. Las láminas de Ilana Richardson estaban bien enmarcadas y a ella mirarlas le ponía de buen humor. El sofá de Ikea era cómodo y su sillón de lectura, un lujo que Mikel le había regalado en su cincuenta cumpleaños. Las paredes necesitaban una mano de pintura. Mikel entró con el mantel para poner la mesa y ella le preguntó:

—¿Tú crees que nuestra casa es fea?

Su marido la miró desconcertado.

—¿Fea? ¡Claro que no es fea! Es preciosa porque es nuestra casa y porque tú la has puesto muy bonita. ¿Qué mosca te ha picado?

—Nada. —Se levantó y le dio un beso en el cuello—. Creo que he tenido una sobredosis de lujo.

Ander engulló la cena en cinco minutos y se volvió a su cuarto y Gorka les dio largas explicaciones sobre lo aburrido del Derecho Romano, lo poco que le importaba a él que a Cayo le robaran una oveja, lo injusto de los exámenes orales y la necesidad de vacaciones que tenía después de tres meses de clases. Cuando le llamó su novia al móvil también dejó la mesa. Carmen miró a su marido.

—¿Crees que nosotros sufriremos el síndrome del nido vacío?

—Creo que brindaremos con champán francés. A no ser que para entonces se hayan vuelto humanos otra vez.

—Sí —contestó Carmen—, probablemente sea así, cuando se les pase el pavo se irán de casa. ¡Qué injusta es la vida!

Nada más decir eso pensó en los hijos de Cristina Sasiain y deseó poder congelar ese momento, con todos a salvo. En una casa pequeña y desordenada, con unos hijos imperfectos y un marido que echaba barriga y se estaba quedando calvo pero que era sólido y siempre estaba ahí.

—¿Quieres ver la tele?

—No, tengo que repasar los informes de los otros.

—Vale, yo voy a ver si acabo con el micrófono láser.

Ella disimuló la sonrisa. Le parecía increíble que después de veinticinco años enseñando Física, Mikel todavía tuviera ganas de buscar formas de interesar a sus alumnos. El asunto ese del *burnout* no iba con él. Cada año variaba la forma de enseñar, buscaba nuevos experimentos y se tomaba como un reto interesar a los alumnos en una materia que tenía fama de árida. Enseñar al «estilo Feynman», lo llamaba él.

Por las leyes de compensación del Universo, los dos hijos habían optado por las letras.

Se acomodó en su sillón, sacó la carpeta y puso los pies en alto. Rebuscó las gafas a su alrededor y por fin cogió las que llevaba en el bolso. Pensó que Cristina Sasiain también habría usado gafas para leer, aunque fueran de Armani.

Repasó los informes de Aduriz y Lorena. Habían entrevistado a los empleados que no habían aportado información de mucho interés. Por lo visto, no faltaba ningún abrigo, ni en la tienda ni entre los que tenían pendientes de arreglo o entrega. La encargada tenía una memoria casi fotográfica: no solo sabía que estaban todos, sino que estaban en el mismo orden que cuando cerraron; nadie había movido nada. Esperaban poder recuperar los abrigos pintados. Al parecer, la piel era más resistente de lo que Carmen pensaba.

En total había cinco empleados, aparte de la limpiadora. Un cortador y una modista en el taller y tres dependientas: la encargada, una con jornada partida, y una chica joven que solo iba por las tardes. Lucía Noailles había confirmado que no faltaba dinero ni ningún documento que ella recordara. El despacho parecía estar como siempre. Ninguno de los trabajadores había hecho ningún comentario sobre la víctima, lo cual era bastante lógico, pensó. Habría que darles algo de tiempo y hablar con ellos con calma. La gente tendía a ser muy respetuosa con los difuntos pero, cuando no les apremiabas, siempre surgían cosas. Por lo que le había contado la socia, Cristina no debía resultar una jefa fácil y eso ayudaría a evitar una lealtad absoluta a su memoria.

Luego cogió el informe de Fuentes con regocijo. Lo había mandado a hablar con los de Pangea. Tampoco había sido muy productivo. El tal Kepa no tenía coartada para la noche anterior, se había quedado él solo en el bajo que usaban como local hasta tarde y luego se había ido en bici a su domicilio en el barrio de Egia. Manifestó que no era partidario de la violencia, pero que le inspiraban más compasión los visones que las «asesinas de seres inocentes». Carmen se preguntó si habría sido seminarista, no sabía si por la frase —que parecía propia de un obispo— o por su foto: un chico de unos treinta y cinco años, con un jersey como comprado por su madre, repeinado y con gafas.

Le alegraba el día imaginar a Fuentes sentado en un local con imágenes del lince ibérico y papeles para apadrinar un oso. Dejó el informe y decidió que se había ganado un rato de lectura en la cama. Estaba atrapada por *Una mujer difícil*, de John Irving. Los libros le ayudaban a alejarse de la realidad, con frecuencia tan fea, que la rodeaba. Tenía que agradecerle a Mikel el descubrimiento del autor, muchos años atrás, cuando le regaló *Hotel New Hampshire*. Desde entonces era completamente fiel al autor. Era mujer de fidelidades absolutas: todas las novelas de Irving, todas las películas de Woody Allen. Si alguien te gusta, aunque se equivoque varias veces, no lo abandonas. Si de madrugada se desvelaba, ya pensaría tareas para encomendarle a Fuentes al día siguiente.

CUATRO

Carmen llegó a comisaría temprano. Se sentía fresca y descansada. Había dormido bien, de un tirón, y además no llovía. El día empezaba bien.

Se dedicó a asuntos burocráticos y a planificar el día mientras tomaba un café de la máquina. A las ocho en punto le llamó el comisario.

—Carmen, suba al despacho por favor. Voy a hablar con la prensa a las nueve y hay un par de asuntos que quiero comentar.

Al colgar se preguntó si la jornada cumpliría sus expectativas.

La puerta estaba abierta. Con el comisario Landa estaba Lizarriturri, el oficial de la Antiterrorista. Carmen no había tenido mucho trato con él, pero no le resultaba simpático. Demasiada gomina y *aftershave* para su gusto, pero intentó desechar sus prejuicios y le saludó amablemente.

—Siéntese, Carmen. Lizarriturri me acompañará

en la rueda de prensa para aclarar que no ha sido un atentado.

Carmen asintió, pensando para sí que iba a quedar un poco raro que el oficial de la Brigada Antiterrorista saliera para hablar de un crimen que no tenía nada que ver con el terrorismo.

Landa pareció leerle el pensamiento.

—Si quiere puede estar presente, pero he pensado que Lizarriturri está muy acostumbrado a hablar con los medios...

—No, no. Prefiero centrarme en el trabajo y, además, por ahora no tengo nada que aportar, aún no tenemos ninguna pista.

—Sí, ese es el otro asunto. No dudo de su eficacia, pero en este caso vamos a tener mucha presión. Si necesita más agentes, dígamelo.

—Gracias, comisario. Ya iremos viendo, a veces es más difícil coordinar equipos grandes. Si veo que hace falta, se lo comunicaré.

—¿Por dónde va a empezar, oficial Arregui? —le preguntó Lizarriturri.

Carmen se contuvo para no contestar «por el principio» y dijo:

—Estamos interrogando a la familia, la socia, los trabajadores y los miembros de una asociación ecologista que tuvo problemas con ella.

—Nada muy imaginativo, ¿no le parece? —continuó el inspector jugueteando con el botón de su impecable camisa.

—Quizás no, pero aunque no dé para una película, esperamos que sea efectivo. Y ahora, si no me necesitan, tengo mucho trabajo.

Bajó las escaleras de dos en dos. Menudo cretino, Lizarriturri. Que saliera en la tele, que a fin de cuentas era lo que a él le gustaba, y la dejara tranquila.

El humor no le mejoró al llegar al despacho y encontrarse con Fuentes.

—Hola, oficial. Les estaba contando a los chicos lo del curso de ayer. Fue muy interesante. Cada uno tiene que hacerse propietario de un proceso...

Carmen levantó una mano.

—Pare, Fuentes, o será propietario de todos los procesos hasta el 2015. Tenemos trabajo y no estamos para monsergas.

—Pero, oficial, usted le ha cogido manía a la calidad porque tiene un lenguaje un poco complejo, pero en realidad es muy fácil.

—Fuentes —le interrumpió Carmen—. Va a ir a Zumárraga a ver qué averigua acerca de Andoni Usabiaga, el marido de la víctima. Su familia tiene allí una fábrica. Entérese de qué tal va económicamente la empresa, qué se dice de él en el pueblo... Bueno, no hace falta que le explique su trabajo. Venga, dese prisa, que hay mucho por hacer.

Fuentes salió con aire de dignidad ofendida. Lorena preguntó con voz suave:

—¿Cree que es necesario ir a Zumárraga? A fin de cuentas Usabiaga tiene aquí sus negocios.

—Creo que incluso voy a revisar si hay algún pariente de Cristina Sasiain o de su marido en Cuenca para mandar a Fuentes a interrogarlos.

Lorena reprimió una carcajada y dijo:

—¿Y nosotros?

—¿Habéis citado a los empleados de la tienda?

—Sí —intervino Aduriz—. De 10 a 12 vendrán aquí. Los hemos citado a intervalos de 30 minutos.

—Bien, vosotros deberíais comprobar las coartadas del marido y la socia, y recoger algo más de información del ecologista raro. Luego preguntad a la Científica qué tienen, yo hablaré con el forense.

Lorena se dirigió a Aduriz:

—¿Vamos juntos a casa de la familia? Luego podemos dividirnos el trabajo.

Iñaki asintió, colorado hasta las orejas, como cada vez que la chica le dirigía la palabra.

A Carmen le hacía mucha gracia. No sabía qué pensaba Lorena de su compañero, pero estaba claro que él bebía los vientos por ella.

Mientras esperaba al primero de los empleados, un tal José Antonio Gómez, Carmen llamó al Anatómico Forense y preguntó por el doctor Tejedor.

—¿Luis? Soy Carmen. ¿Habéis acabado?

—Hola, Carmen. Sí, podéis venir a por el informe y avisar a la familia.

—¿Algo de interés?

—Bueno, la causa de la muerte ya estaba clara, pero igual te conviene saber que la víctima tuvo relaciones sexuales poco antes de morir. Y había bebido alcohol, aunque no había comido hacía horas. La bala estaba alojada en el cerebro, la muerte debió de ser inmediata. Un proyectil de 9 mm.

—Bien, me das tema de reflexión. Y de conversación. A ver dónde estuvo el marido unas horas antes.

—Estoy liado ahora, Carmen. Venid a por el informe y si necesitas algo más me llamas.

—De acuerdo. Hasta luego.

Estuvo jugueteando con un lápiz y dándole vueltas a la duda de si Cristina Sasiain habría estado con su marido o con otro hombre. Todavía le quedaba un rato hasta que llegaran los empleados de la tienda y se le ocurrió llamar a una amiga de la infancia. Era de Legazpi, como ella, pero vivía en Zumárraga desde que se casó y trabajaba en Usabiaga. A pesar de que había mandado a Fuentes para recoger información, a veces los atajos daban resultado.

—¿Rosa? Soy Carmen. ¿Tienes un momento?

—¡Carmen! ¡Qué sorpresa! ¿Estás por el pueblo?

—No, qué va —contestó Carmen—. Hace un montón que no voy, cuando acompaño a mi madre al cementerio y poco más. Te quería pedir un favor, pero necesito que seas discreta.

—Tranquila, lo que quieras.

—Es sobre la fábrica Usabiaga. ¿Cómo va?

—No muy bien. Han reducido la plantilla y las cosas van tirando, pero todos estamos preocupados por el futuro.

—¿Sabes si Andoni, el hijo, todavía pinta algo en la empresa?

—No, vendió sus acciones a una hermana. Creo que lo ha invertido todo en el ladrillo. Habrá hecho mucho dinero. Si quieres que te diga la verdad, la fábrica no irá muy bien, pero ellos siguen viviendo de maravilla. Él viene poco, a veces a ver a la madre que aún vive y en fiestas.

—Gracias, Rosa, guapa. A ver si te animas a venir algún día estas navidades y comemos juntas.

—Ya me gustaría, pero viene toda la marabunta que está estudiando fuera y dudo de que tenga tiempo.

Se despidieron y al momento Amaia, la administrativa, le anunció que el primer citado de la mañana estaba esperando.

—Hazle pasar, por favor, Amaia.

Un hombre bajito con unas gafas enormes entró cojeando.

—Señor Gómez, siéntese, por favor.

El hombre se sentó muy tieso en el borde de la silla.

—Esto es una conversación informal, si necesitamos una declaración ya le avisaré. Solo queremos cotejar algunos datos sobre las últimas horas de la señora Sasiain y sus horarios habituales en la tienda, ¿de acuerdo?

El hombre asintió. Los ojos parecían inmensos detrás de los cristales. Y tristes, como los de un pescado hervido.

—¿Cuánto tiempo lleva trabajando en la peletería?

—Quince años hará en este mes. El cortador de antes se fue a Madrid y yo me vine de Santander aquí.

—¿Cómo supo del trabajo?

—La señora Sasiain vino a verme. Conocía al dueño de la peletería en la que trabajaba. Cuando se quedó sin cortador, me preguntó cuánto ganaba y me ofreció casi el doble. Se conoce que le gustaba mi manera de cortar, y no somos muchos en el oficio.

—Su jefe no debió de quedar muy contento...

El hombre se encogió de hombros.

—Un trabajo es un trabajo, y todo el mundo hace lo que más le conviene.

—¿Era buena jefa la señora Sasiain?

—Yo nunca tuve queja.

A Carmen le entraron ganas de sacudir a aquel hombre, a ver si le sacaba alguna palabra sin necesidad de sacacorchos.

—¿La vio anteayer?

—Sí, todos los días subía al taller. Me estuvo explicando cómo cortar unas capas para el desfile de Navidad. Fue a primera hora de la tarde. Cuando me fui, a las siete y media, no estaba.

—¿No solía quedarse hasta tarde en la tienda?

—Sí, pero anteayer no estaba.

—De acuerdo, muchas gracias. Si necesitamos algo más le llamaremos.

Esa forma de conseguir empleados tan poco ortodoxa no le habría granjeado muchas amistades, pensó Carmen. Quizás deberían hablar con los dueños de otras peleterías de la ciudad, saber qué opinaba de ella la competencia y no solo su círculo más próximo.

La modista tampoco aportó información relevante. Era una mujer meliflua y cursi que quería *muchísimo* a la señora Cristina porque era *buenísima* y estaba sin dormir por lo ocurrido porque ella era una persona *muy sensible* a la que todo afectaba mucho.

—De hecho —dijo la mujer con voz aguda— tengo migraña desde que me enteré. Siempre he sido así, desde pequeña. No puedo ver sufrir ni en la televisión. Piense que cada año lloro con el anuncio de El Almendro. Son naturalezas, y no se puede hacer nada para cambiarlas...

Carmen interrumpió el discurso sobre la exacerbada sensibilidad de la modista y la despachó rápidamente. Ohiana, la dependienta de tardes, le pareció una persona observadora y con más chispa.

—Sí, solía quedarse cuando cerrábamos, pero ese día no. Yo creo que le pasaba algo —dijo.

—¿A qué te refieres? —preguntó la inspectora.

—No sé... Le comenté que habían llamado del hotel María Cristina para decir que había un problema con la reserva del salón para el desfile, que la empleada se había confundido y ya estaba reservado para otro cliente. En otro momento se hubiera puesto como una fiera y hubiera llamado al hotel inmediatamente, pero no hizo ningún caso, murmuró «Bien, bien», pero se veía que tenía la cabeza en otro sitio. Dijo que tenía que recoger unos adornos de Navidad para ponerles en el pelo a las modelos en el desfile, pero ese tipo de cosas me las solía encargar a mí. Fue como si quisiera explicar por qué se iba antes.

—Pero ella no tenía que dar explicaciones; era la jefa.

—Pues eso, me dio la sensación de que estaba nerviosa, con prisa por irse. Será una tontería, supongo que uno repasa las cosas de otra manera cuando pasa algo así.

Carmen le agradeció la ayuda y le dijo que, si se le ocurría algo más, no vacilara en llamarles, aunque fuera una impresión.

Mientras esperaba a la encargada apuntó en un cuaderno: «¿Cita clandestina?»

Después entró una empleada con horario partido que llevaba seis años trabajando en la tienda y que tampoco aportó nada. Era una mujer delgada, de unos cuarenta años, que se ponía colorada continuamente. Carmen pensó que haría buena pareja con Aduriz.

Por fin llegó Elena Gaínza, la encargada. Por las imágenes que había visto en los noticiarios, Carmen esperaba obtener alguna información de ella. Probablemente, conocía bien a su jefa. El asunto era si pensaba compartir lo que sabía. Carmen decidió ir de frente.

—Buenas tardes, señora Gaínza. Les hemos hecho venir a todos para repasar los acontecimientos de las últimas horas que la señora Sasiain pasó con vida. Es muy importante que nos diga si observó algo fuera de lo habitual, y, por mínimo que sea, nos lo diga. Por supuesto, sabremos ser discretos, pero si todo el mundo calla lo que sabe acerca de ella y nos dice que era una excelente persona, nos va a resultar imposible avanzar en este caso.

—Bueno, yo no diría que hubo nada de muy particular la última tarde en la tienda. Vendimos un visón salvaje, que no es frecuente, y la señora Sasiain se fue antes de la hora porque había quedado con su amante, como todos los lunes.

CINCO

Carmen intentó disimular su sorpresa. Si a la encargada le parecía normal, a ella también.

—¿Era una cosa sabida que tenía un amante?

—Bueno, digamos que era un secreto a voces. Él es un anticuario. Tiene la tienda en Fuenterrabía pero vive aquí. A menudo venía por la tienda, solía prestar muebles o espejos para los escaparates; pero yo los he visto alguna vez muy acaramelados y, si los he visto yo, no creo que sea la única. Ella era muy conocida en la ciudad y no me parece que fuera muy cuidadosa.

—¿Cree que el marido lo sabía?

—No sé, quizás no. La verdad es que se les veía bien cuando estaban juntos, al marido y a ella, quiero decir. No sé si el amante le importaba mucho. Creo que le gustaba más el hecho de gustar que el hombre en sí.

—¿Por qué dice eso?

—Pues porque era terriblemente coqueta, no podía soportar que hubiera un hombre que no se fijara en ella. Aunque fuera el fontanero que venía a arreglar algo, se ponía en tensión si había un hombre cerca; no lo podía evitar —dijo en tono compasivo.

—¿Cómo era Cristina Sasiain?

La mujer reflexionó un poco antes de contestar.

—Era de esas personas con grandes virtudes y grandes defectos. Muy atractiva, aunque difícil para la convivencia. Tremendamente exigente y perfeccionista, pero generosa. Podía ser muy cariñosa si sabía que alguno de nosotros tenía un problema serio, y una déspota cuando se le cruzaban los cables.

—¿Qué tal se llevaba con usted?

—Bien. Me respetaba. Yo la conocía y procuraba hacer las cosas a su gusto, pero no le consentía impertinencias. Y ella sabía que me necesitaba y tampoco le interesaba tener una trifulca conmigo. Pero varias empleadas se fueron porque no la aguantaban.

—¿Y su socia?

—Es una mujer mucho más fácil de tratar. Se dedica a la parte de organización: lleva las cuentas, se encarga de los proveedores, ese tipo de cosas. Es sensata y, si cumples con el trabajo, no hay problemas con ella. Eso sí, es mucho más difícil de conocer, creo que sé tanto de ella como cuando entré en la tienda. Es amable, no es que sea seca o callada, pero solo cuenta lo que quiere que se sepa, ni una palabra más.

—¿Sabe el nombre del amante?

—No, bueno, el nombre sí, José Ángel; pero el apellido no. De todas formas, la tienda se llama Hook y está en Fuenterrabía, no le costará encontrarla.

Se despidieron y Carmen llamó inmediatamente a Lorena para preguntarle si iban a tardar mucho. Quería ir a Fuenterrabía cuanto antes.

La mañana era preciosa; el cielo azul y el aire claro, seco y frío, como a ella le gustaba. El viaje hasta Fuenterrabía le resultó un momento de relax. Conducía Lorena y fueron todo el camino en silencio. Carmen se olvidó de que estaba trabajando, le parecía una mañana de novillos. Fuenterrabía le pareció tan bonita como siempre. Quizás por ser del interior apreciaba mucho los pueblos de costa y este era de sus favoritos. La playa inmensa, las casas de los pescadores, llenas de colorido y que parecían competir por quién tenía más y mejores geranios, la parte alta, de calles empedradas y tranquilas, casas señoriales con galerías acristaladas.

Y con ser un pueblo precioso, no tenía ese aspecto tan relamido y perfecto de los del otro lado de la frontera. En Francia todo parecía recién pintado, acabado de barrer, casi como si no viviera gente allí, como si fueran un decorado. No le sorprendía la avalancha de franceses que invadían a diario las calles de San Sebastián, Irún o Fuenterrabía. Aunque siempre le surgía la duda; si les gustaba la vida más animada, los pinchos, salir de noche y comprar en Zara, ¿por qué no se organizaban así en sus pueblos? Misterios del género humano.

Lorena paró delante de la tienda de antigüedades cuando las campanas tocaban la una. Carmen se dio prisa en bajar, sabía que a la una cerraban muchos comercios. Al abrir la puerta de cristal sonó una campanilla y una mujer rubia con moño se acercó sonriente, aunque al ver el coche en la puerta y el uniforme de Lorena pareció desconcertada.

—¿En qué puedo ayudarles?

—Queríamos hablar con José Ángel Barandiarán.

—Un momento, por favor.

La rubia desapareció tras una cortina de brocado verde oscuro.

Al momento apareció un hombre alto, de cabello canoso y aspecto elegante.

Más dinero, pensó Carmen.

El hombre les saludó y le dijo a la dependienta:

—Ya te puedes ir, Raquel. Cerraré yo.

Cuando la mujer abandonó la tienda, el propietario cerró con llave, apartó la cortina y les hizo señas de que pasaran.

A Carmen le sorprendió lo amplio que era el espacio de la trastienda. Había una mesa de trabajo de caoba, unas estanterías con libros, archivadores y carpetas, varias sillas y un sofá amplio, tipo chester, en cuero gastado por el uso.

El hombre se sentó en una silla y les ofreció asiento.

—Es por Cristina, ¿verdad?

—Sí, ¿cuándo ha conocido la noticia?

—Me llamó ayer Lucía, su socia. Todavía no me lo puedo creer.

—¿Cuándo la vio por última vez?

—Creo que fue la semana pasada... ¿El miércoles? Le presté un jarrón para un escaparate.

—Perdone, esto es una conversación, no le estoy tomando declaración, pero quiero decirle que sabemos la relación que existía entre ustedes y que los lunes solían quedar.

El hombre hizo un gesto muy expresivo con las manos y puso una sonrisa triste que a buen seguro le proporcionaba muchos éxitos entre sus clientes y sus amigas.

—No sé qué es más pueblo, Hondarribia[4] o Donostia. Los cotilleos vuelan. No me importa contarlo, pero no me parecía delicado para la familia en estos momentos...

4. Fuenterrabía en euskera.

—Los asesinatos y la discreción no hacen buenas migas. De todas formas seremos tan discretos como sea posible. Nosotras no hemos venido a cotillear. Le repito: ¿Cuándo la vio por última vez?

—El lunes, efectivamente. Tomamos una copa en el bar del María Cristina y luego fuimos a mi casa. Cristina se fue hacia las diez. Me dijo que tenía que pasar a buscar unos dibujos por la tienda. No le gustaba llegar tarde a casa. En principio su excusa era que los lunes tenía reunión de una ONG de ayuda al Tercer Mundo, pero le gustaba llegar pronto y pasar un rato con su hijo antes de acostarse. Parecía muy alocada, pero en realidad era muy responsable: estaba muy encima de sus hijos.

—¿La encontró usted como siempre?

—Pues sí. Estaba preocupada por el desfile de Navidad. Siempre faltaban cosas a última hora: una de las modelos se había roto una pierna esquiando y tenía que reemplazarla. Pero nada raro para alguien que lleva un negocio. También sabía desconectar.

—¿Cómo diría usted que era la relación con su marido?

—Nunca hablaba de él si no era circunstancialmente. No le oí nunca criticarle y en las situaciones sociales en que coincidíamos no se apreciaba nada raro.

—Sin embargo mantenía una relación con usted...

—Sí, pero no estaba enamorada de mí. Manteníamos

una relación agradable, pero yo no era más que una distracción. Nunca nos hicimos promesas de amor solemnes. Cristina se casó joven con Andoni, ya sabe, la rutina pesa y todos buscamos formas de escapar de ella.

Carmen pensó que la gente que trabajaba, se ocupaba de su casa y de sus hijos tenía menos ocasión de apreciar la rutina. A lo mejor estaban tan inmersos en ella que no la veían.

—Bien, gracias. Necesitaríamos que pasara mañana por comisaría para firmar una declaración en la que consten las horas en que la señora Sasiain estuvo con usted. Por cierto, ¿qué hizo cuando ella se fue?

—Fui al cine con unos amigos. Al ciclo de Nosferatu dedicado a Louis Malle.

—Gracias. Lorena, apunta el teléfono de los amigos, por favor. Ya sabe, cuestión de rutina.

Al salir, Carmen propuso tomar algo: así iban directamente a comisaría para organizar las actividades de la tarde. Lorena dudaba.

—¿No tienes hambre? —preguntó Carmen.

—No es eso. Es que en los bares de aquí... Y de uniforme...

Carmen asintió rápidamente.

—Nada, chica, nos vamos al parador. Un día es un día, no nos van a amargar la comida.

Entraron en el vestíbulo, con las consabidas armaduras, y se dirigieron a la cafetería. Mientras tomaban unos bocadillos y un café, Lorena le puso al corriente de lo que habían averiguado con Aduriz por la mañana.

—El marido estuvo en casa, cenó con su hijo, trabajó un rato en su despacho y se acostó pronto. El hijo y la chica de servicio confirman su declaración. En cuanto a la socia, fue con unas amigas a ver un ballet al Kursaal. Las amigas han confirmado que tenían entradas para el *Cascanueces*, con asientos en la fila diez, y que Lucía Noailles no se movió durante la representación. Terminó poco después de las 10 de la noche y la dejaron en su casa en coche porque diluviaba.

—¿Alguna noticia del ecologista?

—No, he dejado a Iñaki camino de casa del individuo en cuestión.

Tomaron un café en silencio y de pronto Lorena le preguntó:

—¿Usted siempre quiso ser ertzaina?

Carmen la miró sorprendida.

—¿Siempre? No, claro que no. Para empezar, cuando yo era pequeña no existía el Cuerpo. Y no eran tiempos en que los jóvenes soñaran con ser policías. Te vas a reír, yo de pequeña veía unos programas de un señor que se llamaba Félix Rodríguez de la Fuente y me imaginaba a mí misma cuidando los bosques, salvando al lince ibérico o al lirón careto. Pero eso no era nada que se contemplara en mi pueblo por aquel entonces. Mi padre trabajaba en Patricio Etxeberría y quería que yo entrara; pero que estudiara antes, para tener un puesto mejor que el suyo. Me mandaron a la Universidad Laboral de Éibar. Yo era muy bien mandada y estudié una ingeniería técnica industrial. Pero aquello me aburría soberanamente. ¿Sabes lo que me hubiera gustado ser en esos años? Bombero. Pero en aquella época no había mujeres bombero. Cuando se creó la Ertzaintza me pareció que podía estar bien, sin saber mucho qué significaba. Me lo imaginaba lleno de acción y aventuras y sin la connotación que tenían las policías que yo conocía. Por supuesto, la realidad no tiene nada que ver con lo que había imaginado, pero me gusta el trabajo. O por lo menos me interesa; gustar no sé si es una palabra que pegue con esta profesión. ¿Y tú, por qué te metiste en esto?

Lorena se encogió de hombros.

—No sé, mi hermano mayor también lo es. No tenía muy claro qué hacer al acabar el bachillerato, me presenté y aprobé. Y creo que está bien. Estoy contenta en Homicidios. He aprendido mucho.

Carmen pensó que no le hubiera gustado que sus hijos entraran en la Ertzaintza. Quizás tenía que ver con el deseo de alejarlos de todo lo malo del mundo, deseo absurdo y universal que compartían todos los padres y madres de la Tierra.

Pagaron las consumiciones y se fueron. Lorena iba delante. Carmen pensó con envidia que Lorena era la única agente que conocía a la que le favorecían los pantalones del uniforme. No le extrañaban los continuos sonrojos del pobre Aduriz.

SEIS

Al regresar a San Sebastián, Carmen recordó que tenía que pasar por casa a recoger unas notas que había redactado la víspera y había olvidado llevar a comisaría. Hubiera podido decirle a Lorena que la esperara, pero prefería tomar un café en casa y descansar aunque solo fueran diez minutos antes de seguir trabajando. En ese tipo de cosas se nota la edad, pensó.

—Déjame aquí, Lorena —le dijo a la agente—. Luego me acerca Mikel a comisaría. En media hora estoy allí.

Cuando entró en casa, Carmen notó que algo había pasado. Ander había hecho la cama, le dio un beso al llegar y se extendió en una farragosa explicación de que tenía que salir para buscar unos apuntes y que volvería enseguida. Cuando salió vio el gesto de «espalda enfadada» de Mikel y preguntó:

—¿Qué ha pasado?

—Pregúntaselo a tu hijo cuando vuelva.

«Vaya —pensó Carmen—, estamos en la fase "tu hijo". Eso es que está enfadado de verdad.»

—Prefiero tener un adelanto para preparar la filípica.

Mikel le tendió un papel.

—¿Qué es esto? —preguntó. Se puso a leer la nota, pero no le aclaró gran cosa. Hablaba de falta de respeto al profesor y les pedía que devolvieran la amonestación firmada y pidieran cita para hablar con el tutor.

—Pero a ti ¿qué te ha dicho?

—Que en su instituto no tienen sentido del humor. Y que el tutor es un perlado, o está perlado, no sé cómo es la expresión, porque les hace aprenderse de memoria textos de Platón y recitarlos en clase.

—Bueno, así como para decir el máximo exponente de la modernidad pedagógica no parece.

—Ya, pero es que hoy, cuando el profesor les ha dicho que empezaran a recitar, Ander ha sacado la toalla de la bolsa de deporte y se la ha puesto a modo de toga.

Carmen no pudo reprimir una carcajada.

—Sí, tú ríete, pero como le coja manía, nos van a dar el curso, que en mi centro también hay profesores de este estilo y ya sé cómo las gastan.

—¿Qué hacemos entonces? ¿Castigo simbólico?

—¿Qué no salga en Santo Tomás?

—Venga, hombre, para eso tendría que haber asesinado al tutor con nocturnidad y alevosía. Podría hacer limpieza de la cocina u ordenar su armario. Algo de utilidad.

—Eres una blanda...

—¿Yo? ¡Pero si siempre les echo yo las broncas! Te voy a decir una cosa, yo me encargo de la bronca y el castigo, pero tú vas a hablar con el perlado. En plan de colega a colega porque, si voy yo, igual le sugiero que monte una función de Navidad con el *Cantar de Mio Cid.*

Al poco rato llegó Ander y su padre se metió en la cocina y cerró la puerta.

—Ander —dijo Carmen—. Ven aquí, tenemos que hablar.

Su hijo se acercó con cara resignada, en plan «me va a caer la del pulpo sí o sí, cuanto antes acabemos, mejor».

Carmen sacudió la amonestación frente a él.

—¿Qué es esto?

—Ya se lo he dicho al *aita*, el de filo que se le va la pinza.

—¿Puedes explicarlo en unos términos que yo pueda entender?

Su hijo guiñó los ojos y se frotó la nariz como siempre que estaba nervioso, desde pequeño.

—Pues nada, que llevamos todo el trimestre aprendiendo de memoria textos de Platón. Y a todo el mundo le cuesta mogollón. Pero, *ama*, que no exagero, decimos cosas como:

»—¡Y qué! —repuso Sócrates—. ¿La vida no tiene también su contraria, como la vigilia tiene el sueño?

»—Sin duda —dijo Cebes.

»—¿Cuál es esta contraria?

»—La muerte.

»—Estas dos cosas, si son contrarias, ¿no nacen la una de la otra, y no hay entre ellas dos generaciones o una operación intermedia que hace posible el paso de una a otra?

Carmen tuvo que hacer un esfuerzo para no soltar una carcajada y seguir manteniendo el gesto de madre enfurruñada.

—¿Y tú qué hiciste?

—Pues saqué la toalla y me la puse para recitar y toda la clase se descojonó de risa y el tipo se puso colorado, que parecía que le iba a dar algo. Yo le dije que ese pavo llevaba muerto como dos mil años y que no se entendía nada, que yo me quitaba la toalla, pero que él intentase explicar con palabras normales lo que decía Platón.

—Ander, a veces, aparte de tener razón, hay que tener un poco de maña en hacer las cosas. Este hombre siente que le has puesto en ridículo y te puede hacer el curso muy difícil. De manera que mañana vas y le pides perdón.

—Joeee, *amaaa*.

—Espera, no he acabado. Y además ordenas el armario de tu cuarto a MI gusto.

—¿Por qué?, si a ti no te parece mal lo que he hecho...

—Porque, por tu mala cabeza, ahora nosotros tenemos que ir a hablar con tu tutor, calmar las cosas y poner cara de «claro, claro, no se puede consentir» para que no te coja manía, o mejor dicho más manía, ¿entendido?

Ander puso cara de «en silencio, Jesús sufría» y se fue a su cuarto.

Cuando entró en la cocina, Mikel preguntó:

—¿Cómo ha ido?

—Bien, ya le he explicado que antes de hacer teatro hay que seleccionar bien el público. Y ahora llévame a comisaría, que he dicho que no iba a tardar nada y mira la hora que es.

—Perdonad el retraso —dijo al llegar—. Pasas por casa con la idea de estar un momento, y surgen temas filosóficos. ¿En qué estáis vosotros?

—La familia recibirá el cuerpo hoy. Supongo que mañana serán el entierro y el funeral. Los hijos que estudian fuera ya han llegado —dijo Lorena.

—¡Pobres críos! —contestó Carmen—. Siempre es duro perder a una madre, pero de esta forma...

Iñaki Aduriz estaba sentado escribiendo al ordenador. Se levantó en cuanto la vio entrar.

—Le he dejado el informe del forense y el preliminar de la Científica en su mesa.

—¿Ha vuelto Fuentes?

—Sí, está con Kepa García.

—¿En su despacho?

—No, en la sala de interrogatorios.

Carmen arqueó las cejas y después de encargar a Lorena que preparara la declaración de José Ángel Barandiarán, bajó a la sala de interrogatorios.

Kepa estaba sentado con los brazos cruzados y rostro inexpresivo frente a un Fuentes colorado, descamisado que preguntaba en tono excesivamente alto:

—¿Cuándo viste a Cristina Sasiain por última vez? Me vas a contestar aunque nos tengamos que estar aquí hasta Navidad.

—*Ez dut ezer esango.*[5]

—Cabezota, pero a mí no me tomas tú el pelo, vaya si hablarás...

—Suboficial Fuentes, por favor —interrumpió Carmen con tono glacial—, vaya arriba.

Luego, dirigiéndose al joven le dijo:

—*Etorri nerekin, mesedez.*[6]

5. No diré nada.
6. Venga conmigo, por favor.

Subieron al despacho de Carmen y ella le indicó que se sentara.

Mientras le ofrecía agua o un café, siguió dirigiéndose a él en euskera. Al haberse criado en Legazpi no le suponía ningún problema hablarlo. En los últimos años había estudiado gramática y ortografía y ahora podía escribir correctamente. Fuentes también había estudiado y, aunque era capaz de escribir prolijos informes, no tenía mucha soltura al hablar y procuraba evitarlo en los interrogatorios porque creía que se colocaba en una posición de desventaja.

El joven aceptó un vaso de agua, pero siguió sin cambiar la expresión severa de su cara.

—Quiero que sepa que está aquí solo para colaborar con nosotros, no como sospechoso de nada. Le agradecería que me dijera si había hablado alguna vez con la señora Sasiain.

—Hablamos, pero no se le puede llamar una conversación. Fue cuando boicoteamos su desfile. Ella nos insultó y yo la llamé asesina. Teníamos previstas acciones para su próximo desfile pero, por lo demás, no la había vuelto a ver más que en los periódicos.

—¿*El Diario Vasco*?

—No, *Gara*.

—¿Qué acciones tenían pensadas para el desfile?

—Nada violento. Salir desnudos y embadurnados de pintura roja.

—¿En pleno diciembre?

—No pertenecemos a Pangea para estar cómodos.

—¿Habían comprado la pintura?

—Sí, un bote de cinco litros.

—¿Ningún espray?

—No, el espray no gotea y no parece sangre.

—¿Qué otro tipo de actividades realiza su organización?

—Nosotros nos dedicamos fundamentalmente a la defensa de los animales. A veces colaboramos en acciones conjuntas con otros grupos, contra las incineradoras o el tren de alta velocidad, pero nuestra ocupación fundamental son los animales. Estamos en contra de los toros, de la utilización de animales en el deporte rural, de las tradiciones que supongan maltrato animal, de los circos.

—¿Y qué suelen hacer como protesta?

—Lo decidimos en asamblea cada vez. A los toros solemos ir con pitos y cacerolas. En sanfermines nos ponemos camisetas blancas con un brazalete y una cinta negra en señal de duelo y nos concentramos en silencio.

—¿Cuántos sois?

—Miembros activos, veinte. Pero tenemos mucha más gente que nos apoya y que viene a las concentraciones.

—¿Habéis tenido problemas con la Ertzaintza antes?

—Una vez que nos encadenamos delante de un circo en Loiola vinieron a sacarnos. Pero nadie ha estado detenido y no hacemos acciones violentas.

Carmen lo miró. No parecía sorprenderle ninguna pregunta. ¿De dónde había salido aquel chico tan extraño y solemne? Esa ropa... No había ni una concesión a la estética, ni siquiera a la pertenencia a algún grupo o movimiento. Un jersey marrón de cuello redondo con una camisa de cuadros por debajo, unos pantalones de pana grises demasiado cortos y unos zapatos de cordones. Si por lo menos llevara botas de monte...

Nada le cuadraba, ni el aspecto, ni la solemnidad, ese aire de fanático... Pero no lo imaginaba empuñando un arma de fuego ni escondiéndose para cometer un delito. Si Kepa García hubiera decidido matar a Cristina Sasiain, lo habría hecho con una lanza amazónica y a pleno día. Y probablemente habría errado el tiro.

—Muchas gracias por su colaboración.

El ecologista la miró sorprendido.

—¿Puedo irme?

—Por supuesto. Ya le he dicho que no estaba detenido y, por el momento, no tengo más preguntas. Nos pondremos en contacto si le necesitamos.

Kepa se levantó con gesto torpe y salió apresuradamente, como si temiera que cambiaran de opinión.

Carmen volvió a su despacho todavía indignada. Al verla entrar Iñaki y Lorena salieron apresuradamente murmurando algo sobre un café. Fuentes se quedó mirándola con aire de dignidad ofendida.

Carmen respiró hondo para no empezar a gritar.

—¿Se puede saber a qué viene este número del poli malo? No tenemos ningún indicio que apunte a este chico y usted lo trata como si fuera el estrangulador de Boston.

—Es que a lo mejor lo es —respondió Fuentes muy tieso—. He oído rumores de que estuvo en un psiquiátrico.

—¿Rumores? ¿Qué se cree que es esto, Fuentes? ¿Un programa del corazón? Aquí no se trabaja con rumores, se trabaja con pruebas, de manera que si piensa que hay algo concerniente a Kepa García que tenga alguna relación con el caso, lo comprueba, lo documenta y lo trae.

Fuentes salió de la oficina, pero antes le entregó con gesto brusco una carpeta.

Al poco entraron Lorena e Iñaki. Le tendieron lo que la máquina, con gran optimismo, denominaba capuchino. Se sentaron a comentar los informes de la Científica y el forense. Comenzó Iñaki.

—En la tienda había multitud de huellas, como es lógico. Nada de interés. El espray con el que pintaron los abrigos se vende en todos los bazares chinos. En el suelo había restos de arena, tierra, pelos de perro y cantidad de cosas más que no aclaran nada. Si tenemos en cuenta que la limpiadora va por las mañanas y que en una tienda, aunque sea una peletería, entra mucha gente en vísperas de Navidad...

—Estamos como estábamos —terminó Carmen.

—Yo he leído el informe de la autopsia. El disparo se efectuó a quemarropa, hay quemaduras alrededor. Entró por la zona occipital y no hay orificio de salida. La bala es de 9 mm y el arma utilizada una semiautomática. La muerte debió de ser instantánea —añadió Lorena.

—¿Nadie oyó el disparo? —preguntó Carmen.

—No —contestó Iñaki—. Los dos primeros pisos del edificio son de oficinas y estaban vacíos. Y a esa hora, la plaza Gipuzkoa, en diciembre y con las tiendas cerradas, está desierta.

—Yo tengo el listado de las amigas de Cristina Sasiain —dijo Lorena—. Su hermana, la de Venezuela, llega mañana a Fuenterrabía a las diez. No hay más familia. Tenía un hermano que murió de un infarto hace dos años; los padres también fallecieron. Tiene primas en Madrid pero tienen muy poca relación, se envían una felicitación por Navidad y poco más, según el marido.

—Mirad, creo que necesitamos airearnos un poco. Son las cinco, vamos a cogernos un rato libre, id a dar una vuelta o a comprar regalos de Navidad y nos vemos aquí en dos horas, ¿de acuerdo?

Al salir de comisaría tenía la cabeza a punto de estallar. Rebuscó un analgésico en el bolso y se lo tragó sin agua. Se sentía estancada, no sabía qué hilo seguir, aborrecía a Fuentes, iba a llegar tarde a casa y no le apetecían nada las navidades que se avecinaban.

El enfado le hacía avanzar rápido por la Concha y en quince minutos estuvo en el centro. Decidió aprovechar para comprar algún regalo de Navidad. Entró en la FNAC y sacó de la cartera la lista de cosas que pedían sus hijos. ¿Qué demonios sería una base para refrigeración? ¿Y Rose-Croix's Crimes? Miró a su alrededor buscando un dependiente. La tienda estaba abarrotada. Faltaba una semana para Nochebuena y todo el mundo se había lanzado a la calle a hacer compras. Carmen aborrecía los grandes centros comerciales de la periferia, prefería darse una vuelta por el centro y mirar escaparates, tomar un café en algún sitio que le gustara, asomarse a la bahía en cualquier momento. ¿Por qué demonios la gente encontraba agradable meterse en un sitio cerrado, recorrer pasillos con centenares de personas, arrastrar carritos atiborrados con niños cansados que berreaban? Por lo menos, en el centro podías airearte, salir del calor de las calefacciones y encontrar alguna tienda que no perteneciera a una gran cadena. Aunque cada vez menos. Los dependientes parecían no verla. Por fin persiguió sin descanso a un chico lleno de *piercings* que, mirándola con aire displicente, le dijo:

—Las bases están en informática. ¿Rosacruces el uno o el dos?

Carmen optó por el dos. En la duda, el más nuevo. Suspiró pensando que le gustaría tener una hija y buscar algún regalo que le produjera satisfacción mirar y elegir, algo acerca de lo que supiera las respuestas a las preguntas-trampa que te ponen los dependientes cuando te ven despistado. Se juró vengarse y enviar a sus hijos a una mercería a por corchetes o algo así de desconocido para ellos.

Pese al gentío y al calor que hacía en la tienda, las compras le habían sentado bien. Decidió buscar un perfume para su hermana. Después de oler hasta que se le saturó el olfato y mantener con la chica que la atendió una agradable charla acerca de aromas cítricos, florales, notas de salida y corazón de una fragancia, salió con dos muestras y un bonito paquete con un frasco de Bois de Boulogne con el que estaba segura de acertar.

Volvió a comisaría mucho más animada. Cuando se huele a jazmín de Grasse con unas notas de vainilla y vetiver, todo resulta más soportable, pensó.

SIETE

—Tengo un disgusto ho-rro-ro-so. No sé dónde vamos a ir a parar. Por si tuviéramos poco con el terrorismo, ahora vendrán las mafias albanesas.

Carmen le ofreció un pañuelo a la mujer que hipaba frente a ella. Sin embargo, no le inspiraba ninguna compasión, le parecía teatro.

—¿Cuándo vio a Cristina Sasiain por última vez?

La mujer rebuscó en un bolso de Loewe y sacó una agenda de piel.

—El diecinueve de noviembre. Hacemos una cena de las chicas del Mary Ward cada trimestre. Pero diciembre era mal mes y la cambiamos a noviembre. Estuvimos todas las de la cuadrilla: Paz Etxebeste, Pili Lizaso, Charo Huertas, Inma Ruiz de Egino, Patricia Múgica, Cristina y yo. Éramos amigas desde kindergarten. Las siete magníficas, nos llamaban de jovencitas. Es que éramos muy monas, ¿sabe?, aunque de eso hace muchos años —dijo con un suspiro.

Carmen no comprendía cómo una mujer tan mema había sido amiga de Cristina Sasiain. A veces las amistades de colegio se mantenían de forma misteriosa. Ella misma cada vez que iba a Legazpi quedaba con Rosarito Alonso, que era más tonta que una mata de habas.

—¿Le contó la señora Sasiain algo de particular?

—No, hablamos un poco de lo de siempre: los hijos, los maridos. Cristina nos contó que este año hacía desfile. Estaba muy emocionada; quería hacer algo especial, espectacular. Decía que los tiempos de crisis requieren más brillo. No sé, igual quería decir para distraernos. Esto de la crisis es muy deprimente, ¿no le parece? La verdad es que Cristina tenía mucho gusto, de siempre. A ver, monas y estilosas éramos todas, porque en Donostia no hay una chica sin estilo, o por lo menos no la había en nuestros tiempos. Pero ella era más original. Y no solo para vestir: en el colegio siempre organizaba las funciones de teatro. Con cuatro pingos hacía un disfraz y con una maceta y unos cartones, un decorado. Yo creo que eso es ser artista, ¿verdad? Digan lo que digan el artista nace, no se hace, ¿a que sí?

Carmen apretó los puños con fuerza para no arrojarle un objeto a la cabeza por boba. En lugar de eso, se contuvo y preguntó:

—¿Recuerda de qué más hablaron?

—Bueno, Paz contó que se iba a separar y ya solo hablamos de eso. Una pena, treinta años de casados. Lo de siempre, ya sabe: él ha encontrado una más joven. Suerte que mi José Ignacio me ha salido formal. Él es más de comer y beber. Dale una sidrería, una cena en su sociedad y déjale de faldas. ¡Cómo son estos hombres!

Mientras la oía, Carmen se preguntó si aquella mujer tenía algún tipo de filtro. Era una lástima que no tuviera nada interesante que decir porque lo hubiera soltado sin dudar ni un minuto.

—¿Diría usted que alguna tenía una relación más estrecha con Cristina Sasiain?

—No, Cristina no era mujer de amigas. Por ejemplo, Pili y yo quedamos mucho, Inma es más de hacer plan con sus hermanas, pero Cristina nunca tuvo una amiga íntima. Casi se llevaba mejor con los chicos. Y con Lucía, su socia.

Después de un rato más de conversación insulsa Carmen se levantó y acompañó a la mujer hasta la salida.

—Nunca había estado en una comisaría —dijo al salir—. Es menos tétrico de lo que me imaginaba.

Carmen estuvo a punto de decir que no enseñaban las mazmorras a las visitas, pero se reprimió. No estaba muy segura de que la mujer tuviera sentido del humor.

Al volver, Iñaki estaba al teléfono.

—Desde luego. Ahora mismo voy —decía.

—Ha aparecido un arma en Ondarreta. La ha encontrado un hombre que va a correr por las mañanas. Es una Star.

—¿Una Star? —se sorprendió Carmen.

—Sí, parece que el hombre suele ir a correr con su perro por las mañanas. El perro se le ha escapado y ha tenido que ir a buscarlo a unas rocas. Allí ha encontrado la pistola. Los compañeros que han acudido a la llamada dicen que es un modelo muy antiguo de Star, una A 40. Fue el arma reglamentaria de la Guardia Civil, pero hace un montón de años.

—Vale. Iñaki, encárgate de que los de la Científica hagan la prueba de balística lo antes posible para ver si es nuestra arma. Hay que decírselo al comisario, que parezca que avanzamos.

Luego se dirigió a Lorena.

—Me voy al hotel Londres a ver a la hermana. Te dejo al resto de amigas para ti. Si son como esta, te cortarás las venas. No pierdas mucho tiempo, no parece que hubiera mucha intimidad entre ellas.

Había pensado ir caminando, pero la lluvia la desanimó y cogió un autobús. Le parecía extraño que la hermana de Cristina no se alojara en el domicilio de la familia, pero Lucía le había dicho que siempre que venía iba al Londres, que se sentía más independiente en un hotel. Avisó en recepción y se sentó en un sillón del vestíbulo. A los pocos minutos Coro Sasiain se acercó a ella.

A Carmen le sorprendió el aspecto. Había imaginado alguien muy parecido a Cristina, algo mayor, del estilo de Lucía; pero en Coro Sasiain todo era excesivo. Llevaba unos tacones desmesurados, demasiados oros, maquillaje teatral y un perfume abrumador. No tenía en absoluto el aspecto de quien acaba de hacer un viaje transoceánico porque ha perdido a su única hermana.

—Buenos días. —La mujer le tendió la mano—. Creo que quería hablar conmigo, pero sinceramente no sé en qué puedo servirle de ayuda. Llevo dos años sin pisar San Sebastián y no tengo ni idea de qué puede haber pasado. Para que luego digan que Venezuela es peligrosa.

—¿Se comunicaba a menudo con su hermana?

—No demasiado, lo normal. Algunos correos... nos llamábamos para nuestros cumpleaños o los de los niños y yo suelo venir cada dos o tres años con los chicos. Cuando me casé, Cristina era una cría. Tenía quince años y al año siguiente yo me fui a Caracas. Nos llevábamos diez años; en esa época eso era mucha diferencia para que hubiera intimidad.

—¿Le contó que algo le preocupara, algún problema en particular?

—No, al revés. La última vez que hablamos estaba muy animada. Me comentó que tenía ganas de venir a Venezuela, que teníamos que organizar unas vacaciones juntas. Me sorprendió, nunca hemos sido ese tipo de hermanas.

—¿Ha estado ya con su familia?

—No, iré hoy al mediodía. Antes he pedido un masaje; estoy destrozada del viaje en avión. Mi cuñado quería venir a buscarme al aeropuerto, pero no se lo he permitido. Detesto ser una carga. Y no sé si apreciarán el consuelo que puedo ofrecerles.

—¿Perdón?

—El único consuelo en estos momentos está en el Señor, pero mi hermana y su familia se habían apartado mucho de la religión. Llevan una vida frívola.

Carmen miró asombrada a la mujer enjoyada y acicalada que hablaba de la frivolidad ajena.

Coro Sasiain debió de percibir la mirada extrañada de la oficial y rápidamente se defendió.

—Que cuide mi aspecto no significa que no cuide mi espíritu. Y he rezado por mi hermana y su familia, pero siempre que les visito tengo que soportar críticas a mi forma de vida y mi fe.

Carmen sentía el estómago encogido. Vaya familia de raros. Ya podía su hermana Nerea irse a vivir a la Conchinchina, que ella tendría la cara como un sapo de tanto llorar si le pasara algo. Suponía que era cierto el dicho de que familias normales son las que no conoces a fondo pero, en su experiencia, en Euskadi el tipo de familia clan era aún muy frecuente. Los lazos solían ser muy fuertes: los abuelos cuidaban de sus nietos, los hijos de sus padres y permanecían unas costumbres que parecían destinadas a desaparecer. Claro que igual tenía una visión ingenua del mundo pese a su trabajo. Días atrás tampoco hubiera dicho que lo habitual a su edad era tener amantes y, por lo visto, una parte de la población creía que era la forma de hacer durar los matrimonios.

Volvió a comisaría andando rápido, aunque aún llovía ligeramente, por la necesidad de despejarse un poco y pensar. Tenía la sensación de haber perdido la mañana y sabía que cuanto más tiempo pasara, menos posibilidades había de encontrar al culpable. Aquellas mujeres que invadían el espacio con perfume de Carolina Herrera habían resultado totalmente inútiles. Y antipáticas.

Lorena no había tenido más éxito. El resto de las amigas, aunque no tan superficiales como la que ella había entrevistado, no habían aportado nada de interés. Cristina no parecía ser de las que hacen confidencias. Por lo visto era muy animada y contaba anécdotas muy graciosas en las cenas, pero era muy reservada en lo personal. Había faltado una: Patricia Múgica.

—Está de viaje, llegará esta tarde. Si le parece la cito mañana por la mañana.

Carmen asintió distraída.

Iñaki había estado en la Cámara de Comercio, donde apenas había obtenido información. Todos le habían asegurado que era una mujer muy lista y muy capaz. Esas cualidades se repitieron en las respuestas de todos, pero nadie fue más allá, nadie aportó algo personal o diferente. Carmen consultó el reloj.

—Lorena, ¿tienes la lista de las peleterías de la ciudad?

Lorena le tendió una hoja con seis nombres.

—Todavía nos da tiempo a hacer alguna visita.

—Yo creo que las únicas que hay que visitar son estas dos —dijo señalando en el papel—. Peletería Antártida y la de Viuda de José Aristizabal. Las otras son de otro estilo: cazadoras de piel, arreglos... Nada de la categoría de Astrakan.

—Pues vamos, Lorena. A ver si tenía enemigos en el terreno profesional. Aunque no lo fueran como para matarla, que por lo menos den alguna información de interés. Iñaki, tú redacta algo para pasarle al comisario y tenerlo tranquilo un rato.

Primero se dirigieron a la de la viuda, que quedaba en el centro, cerca de la catedral del Buen Pastor. Era la típica tienda antigua, con solera. Amplia, con mostradores de una madera oscura pulida y encerada como un espejo. Probablemente, nada se había modificado desde la inauguración; sin embargo, todo se había conservado en perfecto estado. Los dependientes —un hombre y una mujer— iban a juego con el local, parecían llevar allí desde tiempos inmemoriales. Carmen y Lorena preguntaron por la dueña y el hombre fue a la trastienda y al momento volvió y las hizo pasar.

Entraron en lo que a Carmen le pareció la salita de su tía Loli: una mesa camilla, sillones confortables y fotos en las paredes. La viuda de José Aristizabal parecía a punto de ir a hacer compañía al susodicho. Era una mujer pequeñita, de pelo blanco primorosamente peinado, con una cara llena de arrugas y unos ojos verdes y brillantes que desmentían el aspecto de abuelita venerable y frágil.

—¿Vienen por lo de Cristina Sasiain?

Carmen asintió.

—¿Usted la conocía?

—Claro, *maitia*,[7] aquí nos conocemos todos. Co-

---

7. Querida, cariño.

nocía a sus padres. Él era un señor y su madre una belleza.

Carmen pensó que en una sola frase se podía concentrar mucho veneno.

—Y ella, ¿cómo era?

La mujer puso cara de reflexionar.

—Muy lista, pero no muy inteligente. Ambiciosa. Guapa. No muy escrupulosa, ni en los negocios ni en nada.

—¿Tenían trato?

—Ahora, apenas. Cuando abrieron sí, pero ella hubiera hecho cualquier cosa por el negocio. No le importaba la forma de captar clientes, de conseguir salir en los periódicos. Copiaba, mentía, lo que fuera. No tenía unos principios morales muy sólidos. Entiéndame, un negocio es un negocio y ninguno somos hermanitas de la caridad, pero existen unas reglas del juego no escritas que se suelen respetar, o solían. Ahora ya... Mi marido era peletero, mi suegro lo había sido y su padre también. Aquí se ha tenido siempre mucho respeto por el trabajo bien hecho, por la calidad. Cristina jugaba más la baza de la moda. Tenía ojo, eso no se lo niego. Copiaba, pero sabía copiar. Era más chapucera en los acabados. Se buscó un buen cortador (mejor dicho, se lo robó descaradamente a Jiménez, el de Santander), y sus prendas siempre han tenido presencia. En cualquier caso, yo no era competencia para ella. Mis clientas son de otro tipo: mayores, más clásicas. Como esta tienda o como yo misma. Mire, en esta ciudad, peleterías que puedan llevar el nombre hay tres: Astrakan, esta y la Antártida. Yo estoy a punto de jubilarme y no tengo herederos, la Antártida está de capa caída. Creo que el dueño ha perdido mucho dinero en bolsa y apenas puede mantener la tienda, de manera que Astrakan tiene todas las de ganar, porque no hay competencia a su altura.

—¿Se le ocurre alguien que tuviera interés en su muerte?

—En el negocio, no. Tampoco digo que la vayan a llorar mucho, pero enemigos o asesinato son palabras mayores. Yo buscaría más en su mundo personal. El que no tiene escrúpulos no los tiene en nada. Y eso acaba trayendo complicaciones.

Carmen se despidió con la coletilla habitual de sugerir que llamara si recordaba algo de interés. Estaban a punto de cerrar cuando llegaron a la Antártida. El local no era tan céntrico, estaba ubicado en un hermoso edificio de estilo modernista de la calle Prim. Pero los dueños habían intentado darle un aire moderno a la tienda que, sin embargo, no estaba muy conseguido. Todo era blanco, de cristal o metálico. Tenían colgados muchos menos abrigos que en la tienda de Cristina Sasiain. El dueño era un hombre que pretendía tener un aspecto muy elegante, pero que resultaba afectado y cursi. ¿Todavía llevaba alguien los pañuelos a juego con la corbata doblados así en el bolsillo? Sin saber por qué le recordó a Don Pantuflo, el de *Zipi y Zape*.

—Por supuesto que conocía a Cristina, ¿quién no? Pero yo no la consideraba competencia. Nosotros trabajamos más por encargo, es otro estilo. Pero no sé si este negocio nuestro tiene futuro. Entre los ecologistas, la crisis y este afán por comprar veinte trapos nuevos cada temporada en vez de hacerse con una buena prenda...

—¿Ha tenido algún problema con grupos ecologistas?

—Lo normal, alguna pintada en el escaparate en plan «asesinos» y tal, pero nada muy serio.

—¿Cree que podrían llegar a resultar un peligro?

—No creo, por lo menos yo nunca he recibido una amenaza seria.

—¿Se le ocurre alguien que quisiera matar a Cristina Sasiain?

—No, creo que mucha gente le tenía envidia, manía, o las dos cosas, pero nada como para matarla. Años atrás hubiera pensado en ETA; hoy en día no creo. Quizás un robo...

Salieron a la calle igual que habían entrado. Y todavía quedaba la parte más difícil de la jornada: hablar con la familia.

OCHO

Carmen se sentó en uno de los últimos bancos. Aunque había llegado pronto apenas quedaba sitio libre. La iglesia estaba abarrotada. Muchos abrigos de piel entre las asistentes. Todos esos que la gente definía como «de San Sebastián de toda la vida» estaban allí, más los empleados, los familiares, los curiosos y la prensa. Y ella, intentando hacerse invisible, con un abrigo negro que olía a lana mojada porque se le había olvidado el paraguas.

En la primera fila se divisaban las tres cabezas rubias de los hijos de Cristina Sasiain. Le recordaron a los anuncios de Camomila Intea de su infancia. Eran guapísimos, con esa apariencia de belleza a la que nunca ha turbado un problema. Sin embargo, no era así. Del mayor no sabía gran cosa. Lo habían expulsado de un colegio pero no había conseguido averiguar por

qué. Su hermana había sufrido algún episodio de anorexia y, aunque según la familia estaba completamente recuperada, tenía un aspecto extremadamente frágil, como si se fuera a quebrar en cualquier momento.
El pequeño se veía desencajado, lloraba sin disimulo
ni consuelo. Estaba claro que él sí quería de verdad a
su madre. Recordó la conversación que habían mantenido la víspera cuando se desplazó con Lorena a Villa Cristina.

No le había parecido apropiado citar a los chicos
en comisaría. No habían aportado ninguna información relevante. Su madre no les había comentado que
nada le preocupara. Álvaro la había visto por última vez
en septiembre, antes de ir a Estocolmo, pero hablaban
todas las semanas por *skype*. Cristina había estado en
casa durante el puente de diciembre. Y Guillermo la
vio la mañana del día que murió. Los mayores habían estado serios, poco habladores. Tenían cara de
haber estado llorando, pero se controlaron durante
la entrevista; el pequeño, no. Lloraba, hipaba, decía
que había mucha gente que envidiaba a su madre y
que estarían encantados de que estuviera muerta.
Nada que Carmen no considerara normal en un adolescente sensible al que le han asesinado a la madre.
Más extraña le parecía la contención del resto de la
familia.

También había tenido una conversación privada

con Andoni Usabiaga. Debía ver si sabía que su mujer tenía un amante.

—¿Si sabía lo de José Ángel? —había preguntado—, claro que lo sabía, oficial. Ya sé que dicen que el marido siempre es el último en enterarse, pero en nuestro caso no era así. Teníamos mucha confianza: Cristina me lo contaba todo; y yo a ella, por supuesto. La nuestra era una relación sólida: llevábamos veintisiete años casados, tres hijos, y nos gustaba estar juntos; pero teníamos amantes, como todo el mundo, aunque sin hacer un drama. Si quiere, le puedo dar el nombre de la persona con la que yo me estoy viendo ahora, aunque preferiría que fueran discretos: su marido es más de la vieja escuela, pura hipocresía, ya sabe, por el qué dirán.

—¿Cree que José Ángel Barandiarán sería capaz de cometer un crimen pasional? —había preguntado Carmen, aun sabiendo la respuesta.

—¿José Ángel? ¡No, por Dios! Es un hombre completamente apacible. De hecho creo que era una relación de amantes muy matrimonial, muy establecida, que a los dos les convenía pero que no era un laberinto de pasiones; eso queda para las novelas. ¿No tiene ninguna pista? ¿El atentado está descartado? ¿Y los ecologistas?

Carmen había salido del paso como había podido diciendo que lo estaban investigando todo a fondo y que si tenían noticias se lo haría saber.

La entrevista con el viudo le había provocado una sensación extraña. En aquella casa le daba pena todo el mundo, hasta los perros. Le parecía que faltaba cariño. Esperaba encontrar lágrimas, sufrimiento y ese apiñamiento que se produce en las familias cuando hay una desgracia, pero allí cada uno parecía llevar su pena en silencio y por separado. Y el pobre Guillermo no tenía unos brazos en los que consolarse.

Al salir le había preguntado a Lorena:

—¿Tú crees que todo el mundo tiene amantes?

Le había parecido que la pregunta la sorprendía.

—No sé, la gente que lleva muchos años casada a lo mejor... O quizás solo es la gente rica. La verdad es que no me imagino a mis padres con amantes, claro que uno ve a sus padres siempre como asexuados.

Carmen pensó que a lo mejor Lorena también la veía a ella asexuada. Los jóvenes tienden a ver viejos a los que tienen más de treinta y cinco años y, por supuesto, creen que los viejos son asexuados.

Las voces de un coro la sacaron de sus pensamientos. Cantaban *Mendian gora*, de Imanol. Se preguntó quién habría elegido esa canción que a ella siempre le había conmovido. Le gustaba la idea de cantar a la vida en ese momento.

Kantatu nahi dut bizitza
Ustelzen ez bazait hitza

Munduandantzan jarriko nuke
Jainkoa banintza...[8]

Sonaba de maravilla, resultaba mucho más emocionante que las palabras huecas y manidas del sacerdote. Los funerales le ponían triste. No por la pena por el difunto, eso iba aparte, era el hecho del funeral en sí. Esas iglesias rancias, mal iluminadas; esos sermones que acumulaban tópicos sobre la bondad del difunto al que no conocían de nada: el renacer a nueva vida de esperanza, ¿aquello resultaría consolador para alguien? Quizás para gente como Coro Sasiain, que estaba sentada muy tiesa en primera fila con un abrigo de visón que a Carmen le pareció ostentoso y feo. Habría que empezar a organizar funerales laicos. Mikel decía que él quería una Big Band en su entierro y que, si había algún cura cerca, se levantaría de su tumba.

La gente empezó a moverse hacia la salida con lentitud. Muchos se acercaban a abrazar a la familia. Carmen se dirigió discretamente a la salida. Quería ver sin ser vista. Al llegar a la calle le sorprendió una manifestación silenciosa que aguantaba estoica bajo la lluvia. «*Beti gure bihotzean*»[9] se leía en una pancarta.

8. Quiero cantar a la vida / si no se marchita la palabra / pondría el mundo en danza / si fuera Dios...
9. Siempre en nuestros corazones.

La tarde no podía estar más desapacible. Además de la lluvia soplaba un viento racheado que había llenado las papeleras de esqueletos de paraguas. Los comercios de los soportales y de los laterales de la plaza ya estaban cerrados y los que habían querido mostrar su solidaridad estaban agrupados en el jardín, frente a la iglesia, estoicos y silenciosos. La imagen le devolvió al pasado por un momento y sacudió la cabeza, como para echar fuera los malos recuerdos. Cuando la familia salió de la iglesia la gente rompió a aplaudir. Carmen maldijo a Lizarriturri, que había hecho tanto hincapié en que «todas las hipótesis estaban abiertas» y que había convencido a la opinión pública de que era posible que fuera un atentado. Le recordó al 11-M, pero sin intriga política de fondo. Lizarriturri solo quería salir en los periódicos un poco más. Como si no hubiera bastantes problemas sin necesidad de inventarlos.

Con todo, le emocionó que la gente estuviera dispuesta a mojarse en una noche fría de diciembre para arropar a la familia. Quizás al pequeño le consolara que la muerte de su madre no fuera indiferente para todo el mundo. Se escurrió rápidamente esquivando cámaras, fotógrafos y micrófonos. El trayecto de autobús hasta su casa se le hizo eterno. Tenía los pies mojados, estaba hambrienta y le dolía la espalda.

Al llegar a casa se descalzó y antes de darse una ducha llamó para encargar una pizza. Suponía que con la edad que tenían sus hijos ya no corría riesgo de que le quitaran la custodia, y ya le gustaría a ella ver cómo compaginaban los servicios sociales la dieta mediterránea con un trabajo en la Ertzaintza.

NUEVE

El despertador sacó a Carmen de un sueño profundo. Estaba en un museo dedicado a Marilyn Monroe. Era una torre con escaleras de caracol. Cada piso mostraba una cosa: sus películas, sus vestidos, sus fotos. En el último estaban sus abrigos de pieles. Carmen los tocaba y se deshacían entre los dedos.

El sueño le dejó una sensación desagradable. Arrastró los pies hasta la ducha mientras Mikel preparaba café.

Desayunó fuerte: cereales, zumo de naranja y una tostada con jamón porque no sabía cómo iba a ir la mañana ni si tendría tiempo para comer. La emisora local comentaba el funeral de la víctima y la manifestación de la víspera. Iba a echar sacarina al café, pero Mikel le acercó el azucarero.

—Necesitas un plus de energía. Las dietas se empiezan en enero.

Carmen sonrió agradecida.

—He tenido un sueño extraño —le dijo.

Y le contó las insólitas imágenes del museo de Marilyn Monroe.

—Tú y tus sueños —comentó su marido—. Harías las delicias de cualquier psicoanalista. Aunque este parece bastante relacionado con tu investigación. A no ser que Marilyn sea tu madre y yo un abrigo.

—Suerte que es viernes. Es posible que el fin de semana tenga que trabajar, pero al menos no tendré que madrugar. He dormido fatal toda la semana. No he preparado nada para comer.

—No te preocupes, yo salgo a la una. Ya prepararé algo. Acuérdate de que hoy tenemos cena con Miren y Joaquín.

Carmen gruñó.

—No me gustan las cenas en viernes, siempre estoy hecha polvo y suspiro por irme a la cama.

—Venga, mujer, lo pasaremos bien. Te conviene pensar en otra cosa.

Carmen suspiró y fue a por el bolso y las llaves. Le dio un beso a su marido y unas instrucciones sobre citas de ortodoncista, llamadas al seguro del coche y ropa pendiente en la tintorería, a las que él asintió con cara de estar pensando en algo totalmente distinto.

Cuando llegó a comisaría, Lorena le dijo que estaba esperando a Ohiana, una de las empleadas de la peletería. Carmen asintió; era la chica joven de las tardes, la espabilada.

—Hazla pasar a mi despacho.

Carmen cogió un café de la máquina y se dirigió al despacho. Al momento entró Lorena con la chica, que estaba pálida y ojerosa, mucho menos vital que la primera vez que la vio. Le indicó con un gesto que se sentara.

—Mire, yo no quisiera meterme en un lío...

Carmen le animó a seguir con un gesto.

—Es que necesito el trabajo, y si saben que ando con cuentos...

—No te preocupes, sabemos ser discretos; estamos investigando. A no ser que me digas que viste a quien la mató y tengas que testificar.

—No, no —la chica negó vigorosamente con la cabeza—. Si seguramente es una tontería y no tiene nada que ver, pero no me lo quito de la cabeza.

—Pues cuéntamelo y deja que yo decida.

—Fue hace cosa de dos semanas. Yo estaba en el almacén. Ya habíamos cerrado, pero quería preparar unos abrigos para llevar a bordar el nombre en el forro. Iban a pasar a recogerlos a primera hora de la mañana. Las otras se habían ido y solo quedaban las jefas en su despacho. De pronto empezaron a discutir, cada vez en tono más alto.

—¿Eso era raro?

—Sí, Cristina se enfadaba y gritaba con mucha facilidad, pero nunca le había oído a Lucía levantar la voz, es una mujer muy tranquila y controlada.

—¿Pudiste oír qué decían?

—No, palabras sueltas. Solo al final, cuando ya se iba, Lucía dijo con la puerta abierta: «Estás completamente loca y haré lo que haga falta por impedírtelo», y se fue dando un portazo. Yo entonces salí sin hacer ruido para que Cristina no supiera que les había oído. Seguro que es una tontería.

—¿Qué tal va el negocio?

La chica se encogió de hombros.

—Ni idea, yo llevo poco tiempo, pero a mí me parece que va bien. Hay mucho trajín. Yo pensaba que en un negocio así habría horas muertas, pero no es así; entra muchísima gente. No todas compran, claro, pero hay mucho movimiento y se vende.

Carmen despidió a la chica, tranquilizándola con el compromiso de no revelar el origen de la información, y se quedó pensativa.

En la vida de la gente siempre hay secretos, discusiones, odios, envidias que la mayoría de las veces no tienen trascendencia; pero en los casos de asesinato todo cobra importancia: cada enfado, cada riña, un amante despechado, un marido celoso, un empleado resentido, todo parece dar una clave para el caso. Y de todos esos hilos, solo uno tiene importancia, ¿pero cuál?

La voz de Iñaki Aduriz la sacó de sus pensamientos.

—¿Oficial?

—Sí, Iñaki, pasa.

—Ha llegado el informe del arma. Efectivamente, es la que utilizaron para disparar a Cristina Sasiain, pero las únicas huellas son las del hombre que la encontró. El arma no aparece en ningún registro.

Carmen suspiró con resignación.

—¿Algo más, Iñaki?

—He estado mirando el informe de Fuentes sobre Andoni Usabiaga. Su situación financiera es bastante mala. Vendió su parte de la empresa familiar y todo lo tiene invertido en el negocio inmobiliario, y tal como están las cosas ahora...

Carmen echó un vistazo a los papeles.

—Tampoco parece una situación desesperada. Ganará unos millones menos, pero no parece que esté arruinado. Esta gente siempre tiene las espaldas cubiertas. Archívalo por ahí, Iñaki. ¿Dónde está Fuentes ahora?

—No lo sé, no ha pasado por aquí.

—Bien, llama a Lucía Noailles y dile que necesito hablar con ella. Cítala aquí, la hora me da igual.

Carmen se quedó pensando cuánto tiempo tardaría el comisario en mandarla llamar. Tenía muy poca cosa que ofrecerle. Sospechas, rumores. Él quería hechos, pruebas y en este caso no había ni un solo indicio sólido que apuntara en alguna dirección. Lo único que tenía era el arma. Y sin huellas. Pero algo tenía de bueno el hallazgo: descartaba la autoría de ETA y eso la alegraba infinito. Sobre todo porque el pensar en volver a los tiempos del terrorismo le ponía los pelos de punta. Y de paso, quitando de en medio esa hipótesis, se sacaba de encima a Lizarriturri y a lo mejor disminuía la presión de gente importante que sentía en ese caso.

Fuentes irrumpió con aire triunfante en el despacho. Le tendió un sobre.

Carmen lo abrió y comenzó a leer.

Kepa García López

Paciente de 23 años. Refiere patobiografía psiquiátrica desde la adolescencia con distintos cuadros en los que se imbrican episodios depresivos junto a otros de exaltación de ánimo.

A la exploración: consciente y orientado en el tiempo y el espacio. Lúcido y coherente. Refiere trastornos del sueño y de la alimentación. Sentimientos de minusvalía, autorreproches y culpa con empeoramiento vespertino...

—¿Qué es esto? —preguntó mirándole por encima de las gafas.

—La prueba de que yo tenía razón y ese tío está más loco que una cabra.

—¿De dónde lo ha sacado?

Fuentes sonrió con suficiencia.

—Hay que tener amigos hasta en el infierno.

—Vamos a ver, Fuentes, ¿qué tiene usted en la cabeza? ¿No se da cuenta de que obtener este documento sin una orden judicial es un delito? De manera que, aparte de ser ilegal e inmoral, no sirve absolutamente para nada porque no lo podemos usar.

Fuentes se puso rojo, parecía a punto de estallar.

—Si esto sigue así voy a exponer mi situación al médico de empresa.

—¿Qué situación?

—Que aquí se me hace *mobbing*.

Carmen se contuvo para no tirarle la grapadora a la cabeza.

—Pues vaya, vaya, no pierda tiempo. Y cuando termine haga una investigación, ¡legal!, para averiguar si Kepa García tiene problemas mentales. Y pida a Iñaki que le acompañe. No quiero más irregularidades.

En cuanto Fuentes abandonó el despacho, Carmen salió y le preguntó a Iñaki:

—¿A qué hora has citado a Lucía Noailles?

—A las dos.

—Voy a salir un rato. Llevo el móvil por si me necesitas.

Cogió un impermeable que guardaba en un cajón y se dirigió a la playa.

Se sentía a punto de estallar de rabia. *Mobbing*. El día que alguien inventó la palabra abrió la puerta a que todas las maulas del mundo pudieran ampararse detrás de ella. Con la energía que necesitaba para aguantar a ese idiota. Que fuera al médico de empresa o al defensor del pueblo. Cretino. Ni siquiera notaba las fuertes ráfagas de lluvia que le mojaban la cara. Llegó hasta el *Peine del Viento* dando zancadas. El mar estaba alborotado, como ella. Miró hacia la última de las tres esculturas de hierro que se suponía que peinaban el viento. Asomada al mar sobre las rocas de un extremo de la playa de Ondarreta marcaba el final de la bahía. Como si San Sebastián empezara justo ahí, o terminara, según se quisiera mirar. Tres niñas pequeñas vestidas y peinadas de la misma forma jugaban alrededor de las salidas de aire y agua horadadas en el empedrado por las que se oye romper las olas y, con mar muy fuerte, se ven surgir chorros de agua.

Una pareja con pinta de ser los padres de las tres criaturas las vigilaba de cerca. Las niñas aguardaban esperanzadas el chorro, pero el mar no daba para tanto. Aun así, el padre, a gritos, las mandó apartarse. Pensará que se van a caer por el agujero, fantaseó Carmen, mirando a las tres niñas regordetas embutidas en sus coquetos impermeables. O lo que es peor, que se van a mojar. Y le vino a la cabeza la cantidad de veces que Mikel había animado a sus hijos, cuando eran pequeños, a que se asomaran a aquellos agujeros y cómo reían los niños, felices cuando conseguían que unas gotas les salpicaran la cara. El recuerdo le arrancó una sonrisa, respiró hondo y comenzó a sentirse mejor. De repente comenzó a granizar con fuerza. Las niñas corrieron de la mano de sus padres, no había donde guarecerse y a Carmen le entró risa. Aquellos padres debieron de pensar que estaba loca. De una carrera llegó al bar del tenis y entró a tomar un café y a esperar que escampara un poco. Cuando volvió a comisaría estaba mucho mejor. Aguantar a tipos como Fuentes iba en el sueldo, se dijo.

DIEZ

Lucía Noailles se quitó una chaqueta de aspecto deportivo confeccionada con una piel suave, de un pelo corto gris claro que Carmen no reconoció. Nunca le habían interesado las pieles, pero aquella chaqueta daba ganas de acariciarla.

La mujer llevaba un pantalón oscuro y un jersey de cachemir. No debía de tener más de una talla cuarenta, pensó Carmen con nostalgia. Se levantó y le dio la mano.

—Le agradezco que haya venido tan rápido. Nos han llegado noticias de una discusión que mantuvo con Cristina Sasiain. Probablemente no tenga relación con su muerte, pero comprenderá que necesitamos seguir todas las pistas.

Lucía puso cara de sorpresa.

—La verdad, no sé a qué se refiere. Discutíamos a

veces por asuntos de trabajo, pero no recuerdo nada especial.

—Fue hace un par de semanas, al cerrar la tienda. Usted dijo: «Estás completamente loca y haré lo que haga falta por impedírtelo.» ¿Lo recuerda ahora?

La mujer mantenía una expresión totalmente serena, pero Carmen percibió que cerraba los puños con fuerza.

—Supongo que fue algo relativo al desfile; no recuerdo haber dicho nada tan melodramático. Creo que después de una desgracia todo se exagera. Pero sí, discutimos varias veces. Cristina se salía del presupuesto continuamente y yo debía marcar los límites, si no nos hubiéramos arruinado en más de una ocasión. Yo tenía muchas dudas sobre la conveniencia de hacer un desfile ahora: las ventas han bajado en el último año y me parecía momento de contención más que de gasto, pero Cristina tenía la teoría de que había que hacer lo contrario: dar realce al negocio, invertir en publicidad. Tuvimos varios desacuerdos con este tema: el tamaño del salón que había que alquilar, el número de modelos y de piezas a exhibir, ese tipo de cosas.

—¿No hubo nada más personal?

—No, en absoluto. Nuestras únicas discusiones eran por trabajo y solo en épocas de mucho estrés.

Después de varias preguntas que no aportaron nada nuevo, Carmen se rindió.

—Bien, lamento haberla molestado. Si recuerda alguna otra cosa, llámenos.

—No es ninguna molestia y comprendo que tienen que comprobarlo todo, pero cualquiera que nos haya conocido le puede decir que nunca hubo desavenencias serias entre nosotras y eso, compartiendo un negocio más de treinta años, no es fácil. Yo, oficial, quería a Cristina, como a una hermana pequeña que a veces me exasperaba, pero la quería.

Carmen no respondió, pero pensó en cuánta gente rumiaba rencores años y años hasta que una cuestión ridícula hacía saltar la chispa. Quizás se equivocaba, pero tenía la sensación de que la socia de Cristina le ocultaba algo. Por otra parte, también estaba segura de que la mujer no mentía al decir que la quería. Pero su experiencia le había enseñado que querer a alguien no hacía imposible matarlo.

Pasó un par de horas revisando declaraciones, leyendo y releyendo los informes forenses y de la Policía Científica en busca de algo que le hubiera pasado desapercibido, pero no encontró nada. En los informes del doctor Tejedor figuraba de forma extensa lo que ya le había adelantado. Cristina Sasiain parecía estar en buena forma física; no tenía ninguna enfermedad. De joven había tenido una fractura en el brazo derecho, y la bala que la mató había quedado alojada en el lóbulo frontal. El consumo de alcohol y los signos de relación sexual quedaban explicados por su cita romántica. Tenía una idea de cómo había sido Cristina Sasiain. Los distintos testimonios ofrecían facetas diferentes que no le parecían contradictorias, sino complementarias. Se preguntó cómo le habría caído si la hubiera conocido. Seguro que no habrían sido amigas —pertenecían a mundos muy diferentes—, pero Carmen siempre sentía interés por la gente que se salía de lo común. Era probable que la hubiera encontrado una mujer atractiva. Pero todo eso no le hacía estar ni un centímetro más cerca de saber quién la mató; tenía un montón de información perfectamente inútil.

Lorena la interrumpió.

—Perdone, oficial. Está aquí Patricia Múgica, la amiga que nos faltaba, ¿la hago pasar?

Carmen asintió, resignada, a otra conversación estéril con otra mujer rica.

Cuando la vio, le sorprendió su aspecto. Era alta, de tipo atlético, con el pelo muy corto y unos ojos azul oscuro que brillaban en una cara curtida por el sol. Llevaba unos pantalones vaqueros que le sentaban perfectamente pese a tener más de cincuenta años. Carmen pensó que no serían baratos. Además, una camiseta de aspecto simple, azul lavanda, y una chaqueta de punto gris. Todo con un aspecto cómodo y práctico, pero de una calidad que se apreciaba a distancia. Carmen le indicó un asiento y comenzó a preguntar por la última vez que estuvo con Cristina Sasiain.

—Fue en una de esas cenas que organizan las del colegio. Si estoy aquí, procuro ir: son un poco como la familia, cuando las ves no las aguantas, pero no puedes vivir sin ellas. Que yo recuerde, la cena no tuvo nada de especial. Paz contó que se separaba y todas pensamos que ya era hora, aunque nadie lo dijo, claro.

—¿Y Cristina? ¿Recuerda de qué habló? ¿Cómo estaba?

La mujer pareció reflexionar.

—Cristina era distinta, parecía muy superficial y frívola, pero era una mujer inteligente. Ese día estaba eufórica, como si hubiera bebido, aunque solo tomó una copa de vino. Se contuvo, porque cuando Paz empezó a contar su divorcio hubiera sido poco delicado demostrar alegría, pero recuerdo que pensé «a ver si en la siguiente cena nos cuenta ella que se separa».

—¿Cree que no era feliz?, ¿que hubiera estado mejor divorciada?

—Soy soltera, pero eso no es muy frecuente en mi generación. Se vivía como un fracaso; aunque no me dan mucha envidia mis amigas casadas, salvo alguna excepción. Cristina se casó con alguien agradable, guapo, con estilo y de su grupo social, pero yo no la vi nunca enamorada. Creo que vivía cómoda con su marido, pero ella no era una mujer que tuviera mucho aprecio a la comodidad. Además, creo que él la defraudó cuando tuvo un lío con una chica joven, hace un par de años.

—¿Le hizo alguna confidencia?

—No, pero nos conocíamos desde pequeñas. Mire, yo viajo mucho. Mi pasión es viajar. No hacer turismo, sino viajar de verdad. Cuando voy a emprender un viaje tengo la misma expresión que tenía Cristina esa noche, esa alegría, esa impaciencia por lo banal. No sé qué le pasaba, pero sin duda era importante.

Carmen entró en el despacho de los agentes y se dirigió a Lorena:

—Acompáñame, vamos a la tienda. Quiero revisar el despacho de Cristina Sasiain.

—¿Qué busca?

—No lo sé, algún cabo del que tirar.

Tardaron más de veinte minutos en un trayecto que debería haberles llevado menos de diez. El tráfico en vísperas de Navidad estaba denso como el aceite. La lluvia seguía cayendo con fuerza. Las dos iban en silencio y solo se oía el ruido monótono de los limpiaparabrisas. Carmen sentía modorra y se puso de mal humor al recordar que tenía una cena esa noche. Lorena dejó el coche en doble fila junto a unos contenedores de basura y se dirigieron a la peletería.

Entraron por la puerta del público. En ese momento solo había dos clientas —madre e hija— buscando una estola para una fiesta de fin de año. Elena Gaínza, la encargada, las atendía tan hábilmente como Carmen había supuesto.

Pasaron a la trastienda y pidieron permiso para registrar el despacho de Cristina Sasiain. Lucía Noailles estaba hablando con la modista y dejó los patrones para acompañarlas. Abrió con llave un despacho pequeño y funcional. Una mesa antigua de madera de cerezo, una silla de oficina, unas estanterías con aspecto de Ikea y montones de muestras de pieles, dibujos y fotos de modelos. Lucía se retiró discretamente diciendo:

—Si necesitan algo estoy ahí mismo.

Carmen empezó a abrir cajones. Cristina Sasiain no parecía haber sido una mujer ordenada. Recortes de revistas de moda, listados de nombres y teléfonos, presupuestos de *catering* y de floristas, publicidad de hoteles y gimnasios, barras de labios y cosméticos variados. Entre los papeles encontró una tarjeta de un despacho de psicólogos. Le dio vueltas un rato y anotó el teléfono. Lorena encendió el ordenador. No tenía clave de acceso. El escritorio estaba tan desordenado como la mesa y los cajones: carpetas con fotos de navidades familiares y cartas de proveedores. El correo también se abría directamente, sin solicitar la contraseña.

—No parecía valorar mucho su intimidad —comentó Lorena.

—O no era aquí donde guardaba sus secretos —respondió Carmen.

Los mensajes de correo no tenían ningún interés. Casi todos eran de trabajo.

A Carmen le extrañó. El resto mezclaba listas de la compra, fotos de los hijos, con teléfonos de clientas y reservas de billetes de avión. Quizás tenía otra cuenta personal.

En un cajón había fotos de desfiles: muchachas altísimas y delgadísimas enfundadas en pieles. En una aparecía un chico mulato de una belleza perturbadora con un abrigo extravagante, de pieles teñidas de varios colores. Carmen se preguntó si en San Sebastián había mercado para prendas como aquella; nunca había visto a un hombre con abrigo de piel. Una de las chicas era india. La globalización nos va a *aguapar*, pensó.

—¿Has encontrado algo, Lorena?

—Nada, esta mujer era un desastre, menos mal que no llevaba ella las cuentas... Además, no sé qué busco.

—Quizás ella se apañaba en medio de ese desorden. Y buscamos cualquier cosa que nos llame la atención.

Tengo la sensación de que si lo veo lo reconoceré, pero aún no sé qué es.

—¿Cómo están las finanzas de la tienda?

—Bien, lo ha estado mirando Iñaki. Los beneficios bajaron un poco el último año, pero sigue siendo un buen negocio. Han invertido gran parte en renovar la tienda y ampliar el taller. Los desfiles también suponen un gasto, pero se consideran buena publicidad.

Siguieron un rato en silencio. Carmen registraba cajones y estanterías y Lorena seguía en el ordenador.

—¿Quiere saber lo que cuesta una liposucción y un tratamiento de bótox? Hay un presupuesto detallado de la clínica Teknon de Barcelona.

—¿Hay mensajes de la clínica?

Lorena miró un rato y asintió.

—Sí, tenía una cita programada para el quince de enero.

—Supongo que no tiene mayor trascendencia. Una mujer de mediana edad, con dinero, decide que no quiere envejecer.

—Ya, nada tendría importancia si no la hubieran matado.

—Dejó de envejecer a un precio muy alto. Bueno, Lorena, dejemos esto. Pregúntale a la encargada si puede venir un momento.

Lorena apagó el ordenador y salió en busca de Elena Gaínza.

Cuando la vio, Carmen pensó de nuevo que aquella mujer transmitía serenidad y eficiencia. La hubiera dejado al frente de cualquier negocio. No era exactamente guapa, pero tenía unos bonitos ojos grises y una boca grande y expresiva que le daba un aspecto atractivo.

—Disculpe —dijo al llegar—. Vamos a cerrar, pero nos tenemos que quedar todas para acabar de preparar el desfile. Van a ser unos días de locura.

—¿Cuándo es el desfile?

—El veintitrés. Va a venir mucha más gente por la muerte de Cristina.

—¿Se necesita invitación?

—Sí, pero se envían muchas más de las que se calcula que se aceptarán. Por compromiso... por amistad. Pero este año vendrá todo el mundo. Es posible que haya que cambiar el salón que estaba encargado. Y, como siempre, no está todo a punto.

Carmen no dudó de que la encargada conseguiría solucionar todos los problemas. Sin saber muy bien por qué, le preguntó:

—¿Sabía que Cristina se iba a someter a una operación de estética?

La mujer puso cara de sorpresa.

—¿Está segura?

—Tenía una cita con una clínica y un presupuesto. ¿Por qué le sorprende? Parece que la señora Sasiain daba mucha importancia a su aspecto.

—Desde luego, era muy presumida y se cuidaba muchísimo, pero tenía verdadera fobia a los hospitales, los pinchazos y todas esas cosas. Hace dos años tuvo que hacerse un análisis de sangre y se desmayó. Si me hubiera dicho un tratamiento de estética sofisticado, o ir unos días a uno de esos balnearios con terapias naturales o masajes, no me hubiera extrañado, pero una operación...

—Quizás le parecía la única solución.

—Es posible, pero siempre decía que a ella al quirófano la tendrían que llevar atada.

—¿Sabe si visitaba a algún psicólogo?

—No lo sé, pero lo dudo. Aunque le hubiera venido bien, o nos hubiera venido bien a los demás. Ella, pese a los cambios de humor y los arrebatos, creo que se sentía bastante feliz. De una forma peculiar, pero nunca me pareció que sufriera mucho.

—Gracias, señora Gaínza, la dejo volver al trabajo.

Salieron de la tienda después de despedirse de Lucía, que estaba rodeada de las modelos, con una pila de abrigos en el suelo y expresión concentrada. A Carmen aquello se le antojó una visión tan extraña como un paisaje lunar.

ONCE

Llegó a casa en el momento que una nueva granizada dejaba la calle blanca. Tenía que andar con cuidado para no resbalarse y además darse prisa, lo cual no contribuía a mejorar su humor. Se miró en el espejo del ascensor. Parecía que le habían dado dos puñetazos en los ojos. Decidió pretextar una jaqueca para no ir a cenar a casa de sus amigos. Sí, se quedaría en casa. Un baño caliente y después quizás leer un rato. Colgó la gabardina en el perchero y se dejó caer en el sofá. Mikel salió silbando del dormitorio. Normal, pensó ella, ya estaba de vacaciones hasta después de Reyes, motivos tenía para silbar. Ella, en cambio, tenía un fin de semana horroroso por delante.

—Venga, preciosa, date prisa. Hemos quedado a las nueve.

—Yo no voy.

—¿Cómo que no vas?

—Estoy muerta, no deja de granizar, tengo que trabajar el fin de semana y no me apetece un pimiento ir a ningún sitio. Ve tú, diles que tengo una migraña.

—Pero no podemos decir que no ahora, seguro que Joaquín lleva toda la tarde cocinando...

—Y yo todo el día trabajando. Ve tú.

Mikel no dijo nada, pero al darse la vuelta mostraba la espalda de «estoy enfadado y dolido». Ahora estaría tres días de morros, pero le daba igual. Sonó el teléfono del salón. Después de cuatro timbrazos estaba claro que su marido no pensaba contestar. Formaba parte del «estoy enfadado». Cogió el auricular con un gesto de rabia.

—¿Diga?

—Menos mal que aún os pillo. Quería pedirle a Mikel que trajera un par de botellas de ese somontano tan rico que tiene.

—Ahora se lo digo. Yo no voy, Joaquín, perdona, pero tengo una migraña horrorosa.

—Pues tómate algo, rica. He sacado el libro de la Parabere de mi abuela y he preparado turbantes de lubina a la Biarritz, *cassolettes de langoustines* a la Saint-Raphael y almejas gratinadas. Si te crees que este esfuerzo no merece la pena, te retiro la amistad.

—Es que he tenido un día horrible y no voy a ser buena compañía.

—No te preocupes, eso lo arreglo yo con mi famoso cóctel de cava Mimosa.

A Carmen se le acabaron las excusas y, mirando a Mikel con rencor, como acusándolo de haber tramado un plan para obligarla a ir a cenar, se dio una ducha y se puso un poco de colorete. Salieron hacia la casa de sus amigos en un tenso silencio.

Dos copas del cóctel Mimosa después, el humor de Carmen había mejorado mucho. Ni siquiera le amargó la idea de que Mikel comentara luego «ya te lo decía yo».

La cena fue agradable y relajada, las delicias prometidas por Joaquín no defraudaron las expectativas. Carmen cenó mucho más de lo que podía y debía, pero estaba tan a gusto que recordó a tiempo que las dietas se empiezan en enero y no se amargó la noche.

Al acabar el postre descorrieron las cortinas que daban a la inmensa terraza. Después de dudar un momento, Carmen cogió otra trufa.

—¿Cómo van las cosas, Carmen? ¿Mucho lío con la peletera? —preguntó Miren—. No habrá sido un atentado, ¿no?

Carmen negó con la cabeza.

—No, no parece que la cosa vaya por ahí, pero estoy muy cansada. No solo es el trabajo, es que es agotador estar oyendo mentiras continuamente e intentar adivinar cuál de ellas tiene alguna importancia. ¿Por qué miente tanto la gente?

Su amiga se echó a reír.

—Mujer, no es mentir, es mentir a la Policía. Algo obligatorio, como mentir a los padres.

—Pero si es que a mí me da igual con quién se acuesten, si se llevan bien o mal, si son miserables o generosos, solo quiero saber quién mató a Cristina Sasiain; deberían comprenderlo.

—Bueno —intervino Joaquín—, no creo que teman ir a juicio por lo que te cuenten, pero ¿y si alguien se entera de que una empleada se fue antes de la hora, de que la criada no sacó al perro, de que la hija estaba con un novio que no le conviene? Hay mil motivos para ocultar información.

—Claro —añadió Miren—. Imagínate que te enteras de que la socia estaba liada con el marido. Eso te daría un móvil y podría ser muy desagradable para ellos.

Carmen la miró sorprendida.

—¿Por qué dices eso? ¿Hay rumores de que estén liados?

—No, vamos, no tengo ni idea, era un ejemplo. No conozco a esas mujeres más que de verlas en *El Diario Vasco* y al marido, de estos días en las noticias.

—El otro día me dijeron que lo normal a nuestra edad es tener amantes. ¿Vosotros creéis que es cierto?

—No, no lo creo —dijo Mikel—. Se habla mucho de la crisis de los cincuenta, pero yo creo que es más fácil ser infiel de joven. Piensas mucho más en el sexo y tienes más oportunidades.

—Yo estoy de acuerdo contigo —intervino Miren—. No creo que la gente sea fiel por principios, es que ser infiel da pereza.

—Quizás en nuestros círculos es así, pero la gente rica tiene menos ocupaciones y más posibilidades —dijo Joaquín.

De los amantes, pasaron al *mobbing* y de ahí a los hijos. Por fin, a las dos de la mañana Mikel sugirió que se fueran a casa. Mientras se ponían el abrigo, a Carmen se le ocurrió preguntarse si Mikel le habría sido infiel alguna vez. Quizás ella fuera una ingenua, pero estaba segura de que no. Y si alguna vez hubiera tenido la tentación, ella lo habría sabido antes que él. Decidieron volver dando un paseo para bajar los langostinos y las trufas. Se estaba bien por la orilla del río, solitaria y silenciosa.

Carmen recordó el inicio de su relación y no pudo reprimir una sonrisa. Habían ido juntos al instituto en Legazpi, pero ella solo le conocía de vista. Además él era un año mayor, ni siquiera iba a su clase. Luego se lo encontró en fiestas alguna vez y un año en sanfermines. Carmen iba con unas amigas, él había perdido a su cuadrilla y se quedó con ellas. Lo pasaron muy bien, pero no volvió a pensar en él hasta que coincidieron en la boda de su prima Milagritos. Él era amigo del novio y ella tenía muy mal día. Para empezar, llevaba un vestido heredado, de color rosa chicle, con el que se sentía ridícula. ¿Tendría alguna vez dinero para ir con algo suyo, nuevo y bonito a una boda? Además, en el tiempo que había pasado estudiando fuera, todas sus amigas se habían echado novio y no había manera de hacer un plan decente los fines de semana. Ella había estado muy enamorada de un compañero de peritos que al final había resultado ser un imbécil. De esos que por hablar poco y tener una sonrisa enigmática parecen muy interesantes, pero que al final no esconden nada. Y así llegó a pensar que el amor estaba sobrevalorado y que la vida era un asco. Con ese estado de ánimo se había acercado a la barra a pedir una copa y, de pronto, Mikel estaba a su lado.

—¿Qué vas a tomar? —le preguntó.

—No sé, una copa de champán —respondió ella.

—Mejor te tomas un whisky, que te tengo que contar una cosa. —Y pidió dos con hielo.

Se sentaron en un rincón tranquilo. Ella le miraba entre curiosa y divertida.

—Bueno, había preparado la forma de contarlo, pero no sé si me va a salir —comentó él.

—No será tan malo...

—Bueno, eso depende de lo que te parezca a ti.

Puede estar bien o puedo tener que emigrar mañana a Argentina. ¿Te acuerdas de cuando nos encontramos en sanfermines?

Carmen asintió.

—Pues no nos encontramos por casualidad. Yo sabía que ibais, por Begoña, la de tu cuadrilla, y me hice el encontradizo para estar contigo. Tenía una red montada para saber cuándo venías al pueblo para intentar verte. Hasta estuve en Éibar y le conté un rollo a un profesor de que no te localizaba y te había dejado unos apuntes, para conseguir tu teléfono. Pero no me lo dio.

Carmen estaba atónita. ¿Cómo no lo había visto? Quizás porque nunca le había mirado.

Él siguió la confesión explicando que se había enamorado de ella en los tiempos del instituto, pero que nunca se había atrevido a acercarse, luego ella había tenido novio... y ahora se había armado de valor y, aun a riesgo de hacer el más espantoso de los ridículos, había decidido contárselo todo.

Se quedó mirándola expectante y ella sonrió.

—No te vayas a Argentina, mejor vamos a bailar.

Y casi sin darse cuenta se enamoró de él. Se preguntaba dónde había tenido los ojos tantos años.

De eso hacía veintiocho años y todavía le emocionaba recordarlo. Se agarró a su brazo, cariñosa. Todavía nevaba suavemente pero los copos se deshacían nada más caer.

DOCE

—¡*Amaaa!*

Carmen abrió los ojos sobresaltada. Ese grito tenía el mismo poder de alerta si la voz tenía dos años o dieciocho.

—¿Qué pasa, Ander?

—¿Tenemos alguna chapela?

Carmen pasó de la inquietud a la furia en tres segundos. Consultó el reloj. Las ocho.

—¿Te valdrá la roja del uniforme o crees que tengo una colección de chapelas Elósegui de todos los tamaños y colores?

—*Ama*, que es Santo Tomás y me toca estar a las nueve en el puesto de chistorra del insti.

—Pues mira en el trastero, o llama a un colega. ¿Por qué crees que yo tengo una?

Ander la miró con ojos de lástima. Carmen gruñó y

se levantó. Estaba segura de que su hijo sabía que esa era la mirada infalible y que la utilizaría con todas las mujeres que conociera en su vida. Se puso una bata y bajó al trastero. Detrás de una caja de adornos navideños encontró otra con un rótulo que decía DISFRACES VARIOS. Allí había una chapela, medias de lana y una sola abarca.

—Tendrás que arreglarte con esto.

Su hijo la premió con una de las pocas sonrisas que prodigaba últimamente. La besó y dijo:

—Gracias, *ama*, eres la mejor.

Carmen preparó café y le llevó una taza a Mikel a la cama.

—Independientes, a su bola, libres, a su rollo y luego: «*Ama*, búscame una chapela.»

Mikel sonrió.

—En el fondo te encanta hacer de gallina clueca.

Carmen refunfuñó y se volvió a meter en la cama. Intentó remolonear un rato más, pero no conseguía la placidez que solía caracterizar sus mañanas en días de fiesta. Cogió la novela que estaba leyendo, pero ni John Irving lograba que se concentrase. Por fin se levantó y le dijo a Mikel:

—Me voy a lo viejo. ¿Te vienes?

—Prefiero quedar más tarde, estoy a gusto leyendo.

—Vale, luego te llamo.

La mañana estaba fría pero soleada. Daba gusto andar por las calles casi vacías. En veinte minutos había llegado a la plaza de la Constitución. Esa plaza porticada no estaba en la lista de lugares en los que Carmen deseaba vivir, pero solo porque todos los eventos de la ciudad parecían tener lugar allí y suponía que sería una pesadilla de ruidos. Tampoco era casualidad que se eligiera ese lugar, era el corazón de la ciudad. El edificio del antiguo ayuntamiento, las fachadas restauradas, de color albero, con balcones numerados desde los que antes se veían los toros, la piedra arenisca, todo le daba calor y un encanto. Los puestos recién instalados lucían flamantes verduras y hortalizas. Solo algunos vecinos con perro y padres de niños madrugadores deambulaban por la plaza. Gallinas coloradas y capones alternaban con quesos y nueces. Todo recordaba el origen de la fiesta: un mercado de Navidad. No tenía más misterio que mostrar los productos del huerto, los animales, comer y beber como en cualquier feria. Muchachas con traje de casera —aunque la mayoría había optado por prescindir del poco favorecedor pañuelo— se reían y trajinaban para montar sus puestos en cooperación con chicos con rastas y chapela. A Carmen le gustaba la evolución de las tradiciones, el mestizaje. Santo Tomás había sido una de sus fiestas favoritas cuando llegó a San Sebastián. Era el principio de las navidades, en esa época en que aún te ilusionan: planes con los amigos, salir y reír por cualquier cosa. Luego llegó otra época, cuando los niños eran pequeños. Días antes empezaba una frenética actividad de intercambio entre hermanas, cuñadas y amigas: ¿Tienes blusón como para seis años? Sí, te lo paso. ¿Y tú vestido para Nora? Sí, igual le viene grande y le tienes que meter la goma.

Esa generación de madres poco diestras en la costura, que trabajaban y corrían todo el día, seguían considerando los disfraces de los niños cosa suya. Y había que vestirlos de montones de cosas distintas: empezabas con Santo Tomás, luego el traje de cocinero o de tamborrero en San Sebastián, caldereros, carnavales... siempre te pillaba el toro y la noche antes te veías cosiendo moneditas al traje de zíngaro o convenciendo al niño de que el delantal blanco de la tía Tere era igualito a los de cocinero. Pero era divertido ver a los niños, fascinados, comprando boletos para la rifa del cerdo —cuando aún no era maltrato animal— y guardándolos con cuidado, seguros de que les tocaría y el cerdo viviría fenomenal en la terraza. Tampoco sentía nostalgia. Ver rastas bajo las chapelas significaba que la fiesta estaba viva, seguía adelante, cambiaba y se adaptaba a los nuevos tiempos.

Compró el periódico y se sentó en una cafetería a leerlo. Saltó intencionadamente todas las páginas de información local. La idea de leer algo más sobre el caso que la ocupaba le ponía los pelos de punta. Leyó con mucho interés un artículo sobre la situación en Sierra Leona y el suplemento de salud que publicaba un especial menopausia. Después de la lectura no se le ocurría ninguna solución práctica ni para los problemas africanos ni para las mujeres de su edad. El volumen cada vez más alto de las conversaciones le hizo levantar la vista. La plaza ya estaba llena de gente, en poco rato aquello estaría intransitable. Le sonó el móvil y lo miró recelosa, pero era Mikel. Quedaron en un bar del barrio de Gros para evitar la avalancha que empezaba a generarse en las calles del centro.

El olor a chistorra impregnaba el aire. Carmen pensó que por suerte solo era Santo Tomás una vez al año. Como los turrones, se trataba de comida de temporada. Sorteó masas de padres con niños vestidos de caseros, hordas de adolescentes intentando coger su primera borrachera lo más rápido posible y cientos de matrimonios de mediana edad dispuestos a matar por un talo, y cruzó el puente. En el barrio de Gros también había gente, pero se podía circular. Cuando llegó al bar de la cita, Mikel había conseguido una mesita para tomar algo de pie y sacaba un plato con pinchos de chistorra mientras su amigo Vicente acercaba las bebidas.

—Te he pedido un *claro*.

Carmen asintió y saludó a sus amigos. Al poco entraron otros conocidos y salieron en grupo al siguiente bar de su recorrido favorito.

Estaban terminando la segunda ronda cuando sonó el móvil. Carmen lo sacó resignada. Era Aduriz.

—Jefa, han ingresado a Cristina Usabiaga en el hospital. Sobredosis de barbitúricos.

—De acuerdo, pasa a recogerme y subimos al hospital. —Le dio las señas de la calle.

—¿Llamo a Lorena?

—No, no hace falta que nos fastidiemos todos la fiesta.

Se despidió de su marido y de los amigos y salió a esperar a una plaza cercana donde era más fácil parar el coche. Pensó que Aduriz estaría decepcionado por no haber podido llamar a Lorena. Bueno, probablemente tendría ocasión de verla en un rato, no parecía que el día fuera a ser fácil.

Llegaron a Urgencias y encontraron a Andoni Usabiaga, junto a sus hijos, sentado en las sillas grises de la sala de espera. El hombre tenía un aspecto petrificado, como si ya no pudiera sentir nada más. Iba sin afeitar y con una camisa arrugada. Los dos hermanos tenían los ojos rojos y los tres estaban sentados sin mirarse ni tocarse.

Antes de que pudieran acercarse entró Lucía Noailles con dos cafés de máquina en la mano. También tenía aspecto de haber llorado. Ofreció los cafés a Andoni y a Álvaro y se sentó al lado de Guillermo, pasándole el brazo por los hombros.

A Carmen le reconfortó que hubiera alguien capaz de hacer lo que hace la gente normal en las desgracias. ¿Pero dónde estaba Coro Sasiain? Con resignación ante la desagradable tarea, se acercó al grupo.

—Buenos días. Lamento muchísimo lo ocurrido. ¿Podemos hablar un momento con usted?

Andoni alzó los ojos con aire desconcertado. Lucía le dijo:

—Ve, Andoni. Yo me quedo con los chicos por si salen a decir algo.

El hombre caminó detrás de ellos como un autómata. Afortunadamente, encontraron un vestíbulo tranquilo en el que hablar a salvo de las miradas curiosas. Los rostros de la familia Usabiaga Sasiain habían aparecido a menudo en la prensa en los últimos días y Carmen no tenía ningún interés en llamar la atención.

—¿Cómo ha sido? —preguntó Carmen.

—Me he despertado a las seis y me he levantado. He visto luz en el cuarto de Cristina y he entrado. Había frascos abiertos por el suelo. He llamado una ambulancia y estamos aquí desde entonces.

—¿Había alguna nota?

El padre meneó la cabeza.

—Nada.

—¿Sabe si su hija estaba bien antes de la muerte de su madre?

El hombre les miró con cara de desconcierto.

—No lo sé, no sé si he sabido nunca cómo estaba nadie de mi familia. Parece que he vivido años en un campo de minas sin ser consciente de ello.

El hijo mayor se acercó.

—*Aita*, el médico quiere hablar contigo.

Andoni Usabiaga se dirigió a zancadas a la puerta del box donde le esperaba un hombre joven con pijama verde.

Carmen y Aduriz se quedaron a una prudente distancia. Cuando el médico volvió a entrar, padre e hijos se abrazaron. Quizás todavía serían capaces de encontrar alguna forma de manifestar las emociones, pensó Carmen. Lucía se separó de la familia y se dirigió hacia ellos.

—Buenas noticias, el médico ha dicho que está fuera de peligro. La van a dejar unas horas en observación y luego aconsejan un ingreso en psiquiatría.

—¿Le ha sorprendido?

Lucía suspiró.

—Me ha horrorizado, pero no sé si diría «sorprendido». Nunca te esperas una cosa así, pero es como si me dijeran que Álvaro ha tenido un accidente de moto:

te espanta, pero entra dentro de lo posible. Cristina ha sido siempre frágil, lo de su madre la habrá desbordado.

Carmen se volvió a Aduriz.

—Pregúntale al médico si podremos hablar con ella más tarde.

—¿Para qué quiere hablar con ella? No veo la relación con el caso —dijo Lucía.

—Probablemente no —contestó Carmen—, pero en un caso de asesinato no se puede dejar nada sin mirar. Imagine que Cristina hubiera descubierto algo sobre su madre que la hubiera impresionado, o sobre alguien cercano...

Lucía arqueó las cejas y se encogió de hombros.

—Usted sabrá —dijo en un tono que expresaba la idea de que, en su opinión, estaban haciendo cosas totalmente absurdas.

Carmen sintió un impulso de curiosidad que nada tenía que ver con el caso.

—¿Dónde está Coro Sasiain?

Lucía apretó los labios antes de responder.

—En misa, supongo. O rezando a san Josemaría Escrivá de Balaguer. No puedo entender que piense que eso ayuda más que el estar aquí. Lo siento, Coro era mi amiga y no reconozco a la persona en la que se ha convertido. Se casó con un ingeniero del Opus, tiene cinco hijos y una villa con tres personas de servicio, y se cree autorizada para dar lecciones sobre el bien y el mal a cualquiera que se le ponga delante. Bien mirado, quizás es mejor que no venga.

Aduriz se acercó.

—El médico dice que no podremos hablar con la chavala antes de un par de horas, y solo si el padre lo permite. Si no, hay que traer una orden judicial.

Carmen solicitó el permiso a Andoni, que asintió con aire ausente y salió con Aduriz.

—Ahora no podemos hacer más que esperar. Vete a casa y subid Lorena y tú a buscarme a las cinco.

A Iñaki se le escapó una sonrisa. Carmen llamó a su marido y le explicó que iba a tomar algo en la cafetería y quedarse hasta que pudiera hablar con la chica.

Mikel se ofreció a subir a comer con ella, pero ella se negó. Comer en la cafetería del hospital era una experiencia tan deprimente que solo debía pasarse por ella si era totalmente imprescindible.

—Mejor preparas algo rico para cenar —le dijo.

Pidió un sándwich envuelto en plástico cuyo contenido parecía tan artificial como el envoltorio y una Coca-Cola, e hizo el crucigrama, el sudoku y el damero para hacer tiempo. Con todo, solo había transcurrido una hora. No le apetecía acercarse al área de observación, pero a lo mejor la chica se despertaba antes y Carmen prefería adelantarse al resto de la familia.

Se acercó a la sala de espera. Los chicos no estaban. Andoni Usabiaga y Lucía charlaban en voz baja. Y Carmen volvió a preguntarse si habría algo entre ellos. No tenía motivos para pensarlo, era normal que la amiga compartiera esos momentos con la familia, y sin embargo...

Apartó los pensamientos como si fueran una mosca impertinente. Ella no estaba para imaginar historias, sino para averiguar realidades.

Se acercó a ellos y el hombre levantó la vista.

—¿Tiene usted hijos? —le preguntó.

—Sí, dos —respondió Carmen.

—Entonces quizás pueda imaginarse cómo me siento.

—No, no lo creo. Las cosas atroces nunca pueden imaginarse; pueden temerse, pero no imaginarse.

El hombre asintió y le hizo un gesto para que se sentara junto a ellos. Rompió a hablar como si le hubieran quitado el corcho a una botella de champán. Las palabras salían a chorro. Empezó con el nacimiento de su hija, un mediodía de agosto.

—Mi mujer dijo que iba a ser una niña de luz por haber nacido un mediodía de verano. Y de pequeña era así, una niña preciosa, alegre, muy parecida a su madre pero más dulce.

Lucía asintió.

—Era mi ahijada y yo estaba muy orgullosa de ella. No tengo hijos y los de Cristina eran como mis sobrinos. Cristi lo hacía todo bien: sacaba buenas notas, bailaba, tocaba el piano, era simpática...

—Y de pronto —siguió Andoni—, cuando cumplió trece años fue como si algo se rompiera. Se fue encerrando más y más, dejó de comer y casi de hablar. Empezó un peregrinaje por psicólogos, médicos, psiquiatras, asociaciones de padres...

»La gente creía que mi mujer era frívola y superficial, pero no sabe cómo luchó por Cristi. Luego las cosas empezaron a ir mejor. Parecía que estudiar fuera le había sentado bien. Tuvimos muchas dudas antes de dejarla ir, pero ella era muy insistente. Y ahora esto...

En ese momento salió una enfermera.

—Pueden pasar los familiares, pero procuren no cansarla.

Andoni entró en la habitación. Las dos mujeres se quedaron solas.

—¿De verdad le parece procedente entrar a hablar con ella en este momento?

Carmen la miró.

—Me parece necesario, no agradable para ella, para su padre ni para mí. Solo será un momento por si esta situación tiene alguna relación con la muerte de su madre. Luego los dejaré en paz. No crea que disfruto atormentándolos en estos momentos.

Lucía asintió con aire cansado.

—Perdone, ya sé que es su trabajo, pero esto está siendo una pesadilla.

Andoni salió de la habitación a los pocos minutos.

—Pase si quiere —le dijo a Carmen.

—Será un minuto —prometió ella.

La joven estaba pálida, pero pese a todo seguía siendo preciosa. El camisón del hospital dejaba asomar unos brazos delgados que parecía que se pudieran romper solo con rozarlos. Una enfermera cambió el frasco de suero y salió de la habitación.

—¿Cómo te encuentras? —preguntó Carmen.

—Como si me hubieran centrifugado.

—No quiero molestarte mucho rato. Solo quería preguntarte un par de cosas.

La chica asintió.

—Lo que ha pasado, ¿tiene alguna relación con la muerte de tu madre?

—Todo en mi vida tiene que ver con mi madre.

—Me refiero a si algo que has sabido respecto a su muerte te ha angustiado o preocupado mucho...

La chica la miró con los ojos azules y fríos. Carmen sintió que estaba llevando mal la entrevista; se sentía torpe frente a una chica joven, casi una niña, que parecía leerle el pensamiento.

—Si quiere decir que si me enteré de quién la había matado y me volví loca, no. No sé nada de su muerte y no tengo ni idea de quién pudo haberlo hecho.

—Ya, ya. —Carmen sudaba y quería acabar aquella conversación cuanto antes—. No quiero molestarte más, entiendo que querías muchísimo a tu madre y que ha sido un golpe muy duro...

La joven la miró muy seria.

—Me parece que no lo entiende. Yo aborrecía a mi madre.

TRECE

Eran las cinco y media y parecía noche cerrada. La comisaría estaba silenciosa y las luces fluorescentes le daban a todo un tono verdoso y triste. O quizás era el ánimo de Carmen lo que le hacía verlo todo frío, apagado y sin brillo. Habían pasado el domingo dando vueltas y revueltas al caso sin avanzar.

—Este asunto cada vez tiene más historias laterales y no veo que ninguna enlace con el asesinato.

—¿Qué le contó la chica, jefa? —preguntó Lorena—. Salió hecha polvo.

—Que odiaba a su madre. Es una chica muy extraña: parece mucho mayor de la edad que tiene, muy madura e inteligente, pero terriblemente atormentada. Una madre demasiado brillante para una adolescente torturada. Ya sabíamos lo de la anorexia; la chica reconoce que su madre hizo todo lo que pudo, pero ella siempre tuvo la sensación de ser una decepción permanente. Desde que vivía en Madrid estaba mejor, pero la muerte de su madre la ha desequilibrado del todo. Demasiadas cosas sin resolver, supongo.

—De manera que el intento de suicidio no tiene nada que ver con el asesinato —dijo Aduriz.

—No, por lo menos no creo que tenga que ver directamente. Parecía muy sincera y, en su estado, no creo que se pusiera a inventar historias. De todas formas, si supiera algo que relacionara a su familia o a Lucía Noailles con el crimen, dudo que nos lo dijera. Ella, por más que odiara o creyera odiar a su madre, no pudo tener nada que ver con el asunto. Estaba en Madrid, lo hemos comprobado. ¿Sabemos algo más de la familia?

—Bueno, trapos sucios tenemos unos cuantos, aunque tampoco veo que puedan tener relación con la muerte de Cristina Sasiain —dijo Iñaki sacando un bloc de notas—. El hijo mayor también es conflictivo, aunque de una manera muy distinta a su hermana. Lo han expulsado de dos colegios: de uno por robar las preguntas de un examen y venderlas a sus compañeros y del otro por un caso de acoso, aunque no hubo denuncia. Según rumores, la familia pagó una cantidad importante a modo de indemnización y le mandó un año interno para sacarlo de en medio.

—Qué angelito —comentó Carmen—. De todas

formas estaba en Estocolmo, de manera que, aunque fuera un psicópata, no podría haber matado a su madre.

—Ahora parece estar más tranquilo —continuó Aduriz—. Le va bien en la universidad, tiene muchos amigos, muchas novias y organiza siempre cosas para sacar dinero: fiestas de fin de año, de la facultad... Parece emprendedor, como sus padres.

—Deberíamos hablar con la muchacha de servicio y con el pequeño, si está en casa. Pedí permiso a Andoni Usabiaga antes de salir del hospital. Me dijo que sí, pero creo que si le hubiera pedido que me regalara el coche, también hubiera accedido. Está totalmente ido.

—No me extraña —dijo Lorena—. Son muchos tragos en pocos días.

—Iñaki, iré con Lorena. Tú vete a casa o a dar una vuelta. Mañana tenemos mucho trabajo. Llama para avisar que vamos, no vayan a estar todos en el hospital.

«Hala, otra vez camino del faro», pensó Carmen mientras abría la puerta del coche. Con lo poco que a ella le gustaba subir al faro...

Subir al faro le removía las inseguridades. Cuando era adolescente, en Donostia, al faro subían de noche las parejas en busca de intimidad. Ella ni era donostiarra ni tenía novio, así que tardó en subir. Al chico que le propuso la excursión, otro imbécil que le había robado el corazón por aquellas fechas, le mintió abiertamente: ella había subido ya varias veces.

Cuando después de bajarse del coche Carmen se asomó al mar, las espectaculares vistas la conmovieron.

—¡Qué maravilla! ¡Si se ve hasta el ratón de Getaria! —exclamó.

—Pero ¿tú no decías que ya habías subido? —preguntó aquel listillo.

—Pues sí, pero nunca me había asomado...

Fue un error, la estrecha carretera por un lado daba al mar; por el otro, el monte caía en vertical.

—Ah, que tú mirabas al monte —dijo él, riendo mientras levantaba la vista contra aquel paredón arcilloso, salpicado de matorrales.

El episodio no solo había arruinado su futuro al lado de aquel elemento —afortunadamente, había que ver cómo se le había refinado con el tiempo el gusto en materia de hombres—; le había arruinado cualquier posibilidad de disfrutar en adelante de aquellas vistas.

Cuando les abrieron la verja del jardín debían de estar esperándolos porque los perros, a los que se oía ladrar, no salieron. La muchacha les abrió la puerta. Esta vez llevaba un uniforme amarillo con motitas blancas. Carmen se preguntó cuánta gente tenía todavía servicio uniformado.

—¿Quieren ver al señorito Guillermo? Ahora mismo le llamo, está en su cuarto.

—Sí —contestó Carmen—, pero antes quisiéramos hablar un momento con usted.

—¿Conmigo? —La alarma se hizo evidente en la expresión de la muchacha.

—No tiene nada de qué preocuparse. Solo queremos saber cosas sobre los horarios habituales de la señora Sasiain, si había recibido alguna visita fuera de lo normal, cosas así.

La muchacha les hizo señas de que la siguieran a la cocina. Tenía un montón de ropa preparada para planchar. Desenchufó la plancha y se sentó con las manos cruzadas en el regazo.

—Su nombre es Lilisbeth Montoro, ¿no es así?

La joven asintió.

—¿Cuánto tiempo lleva con la familia?

—Va para dos años, señora. Mi prima trabaja en casa de una amiga de doña Cristina y de ahí vino que yo me viniera para acá, pero tengo todos mis papeles en regla...

Carmen alzó una mano.

—Estamos seguros y, además, eso no es cosa nuestra, solo queremos saber algunas cosas de la familia.

—Son todos muy buenos, muy amables. Estoy muy contenta en la casa.

—¿Notó preocupada o asustada a la señora en los últimos tiempos?

—No, más bien parecía contenta. Quizás era porque esperaba a los chicos para las navidades. —De pronto puso cara de recordar algo y se le escapó una sonrisa.

—¿Qué ha recordado, Lilisbeth? —preguntó Carmen.

—Nada, una tontada, señora. Es que, en los últimos tiempos, como le digo, estaba contenta. Estaba tomando unas clases de bailes, de salsa, merengue. Lo que se baila en mi tierra. Por lo visto quería darles una sorpresa al señor y a los chicos en navidades. Pero no tenía mucho ritmo y me pidió si podía practicar conmigo aquí, en la cocina. Lo hicimos varias veces por las mañanas y ella se reía como una chiquilla.

Carmen pensó en lo extrañas que eran las relaciones de la gente con su servicio doméstico. Por una parte les ponían uniforme —cosa que a ella le parecía decimonónica— y, por otra, bailaban salsa en la cocina. Carmen solo había tenido una chica que llevaba los niños al colegio cuando eran pequeños y recogía un poco, pero hacía muchos años que no tenían ninguna clase de ayuda. Su casa era pequeña y no se sentía cómoda mandándole a alguien que limpiara lo que ella ensuciaba. Por suerte, Mikel era uno de los raros maridos que compartían las tareas domésticas y eso facilitaba las cosas. Pero a menudo asistía asombrada a conversaciones entre amigas, pretendidamente progresistas, que se quejaban amargamente de su servicio doméstico y le espantaba la idea de verse en ese papel.

La conversación con Lilisbeth siguió por los mismos derroteros: nada anormal, ninguna llamada o carta que hubiera generado revuelo, nadie merodeando por los alrededores; y el día de la muerte padre e hijo cenaron en casa y se acostaron pronto. Carmen le entregó una tarjeta por si recordaba algo y la joven les acompañó al salón, donde se quedaron aguardando a que bajara el hijo menor.

Era un salón inmenso, pero a Carmen le gustó menos que el estudio que habían visto el primer día. Aquella habitación parecía perfectamente amueblada por un decorador. Nada desentonaba ni estaba fuera de sitio: las cortinas combinaban con la tapicería de los sillones; los cuadros que colgaban de las paredes eran también de firmas conocidas; las flores del jarrón, frescas y bien dispuestas. Sin embargo, resultaba impersonal, como si allí no se sentara nunca nadie.

Guillermo parecía haber adelgazado en los últimos días. Estaba ojeroso y la ropa le colgaba con desaliño, como si hubiera dormido vestido.

—Buenas tardes, Guillermo. Querríamos hacerte alguna pregunta si te encuentras con ánimos de contestar.

El chico asintió.

—¿Recuerdas algo de particular en los últimos días de tu madre?, ¿algo fuera de lo corriente?

—No, ya contesté al otro agente. Mi madre estaba como siempre, hasta más animada que de costumbre. Le hacía ilusión que vinieran mis hermanos en navidades y, además, cuando tenía un desfile por delante se crecía; cuanto más trabajo le daba, más disfrutaba ella.

—¿Le habías oído comentar que quisiera hacerse una operación de cirugía estética?

—¿Mi madre? Imposible. Tenía pánico a los hospitales. A mí también me pasa, me puse enfermo ayer en Urgencias. Además, mi madre era guapísima, ¿para qué se iba a operar?

Se le quebró la voz al contestar y Carmen se sintió inhumana por interrogar a un chiquillo sobre la muerte de su madre. ¿Qué dirían sus hijos de ella si les preguntaran? Sintió un escalofrío al imaginarlos huérfanos. Siempre lo pasaba mal en los casos que implicaban a niños o a jóvenes. No podía evitar pensar en su familia. Gorka, el hombre tranquilo, que desde pequeño había pasado desapercibido y que, a la chita callando, siempre hacía lo que le daba la gana. Nunca había tenido problemas en el colegio, desde los diez años había niñas que llamaban por teléfono a casa preguntando por él. Desde los quince, una sucesión de novias de las que ella había perdido la cuenta. Ander, mucho más protestón y beligerante, pero que acababa haciendo lo que le mandaban mucho más a menudo que su hermano. Siempre mirándose al espejo, acomplejado por los granos que no pasaban de ser un acné leve y suspirando por chicas que lo ignoraban. Suponía que eso pasaba en todas las casas, los padres creen que han educado a todos más o menos igual y desde la cuna muestran caracteres diferentes. Como las flores del campo, que decía su madre. Tenía que sacarse a sus hijos de la cabeza. Se obligó a recordar que era necesario saber quién había matado a la madre, que se lo debía.

—Tú querías trabajar con ella, ¿no es cierto?

—Sí, el año que viene iré... o iba a ir, no sé, a Barcelona. Siempre me ha gustado la tienda; desde pequeño distingo bien todas las pieles y había empezado a acompañarlas a ella y a Lucía a las ferias de peletería. Ahora no sé, sin ella ya no sé si quiero...

—¿Por qué crees que tu hermana ha hecho esto?

Guillermo se encogió de hombros.

—No lo sé, siempre han discutido mucho. Cristi se parece mucho a mi madre.

Se levantó y cogió una foto enmarcada en plata.

—Miren.

Una Cristina Sasiain veinteañera sonreía en un paisaje nevado. Ciertamente, el parecido era asombroso.

—Yo creo que ahora estaban mejor, pero ha sido

todo tan horrible. Me gustaría que volvieran todos a casa, que no pasara nada malo nunca más.

—¿Qué tal se llevaba tu madre con su hermana?

—¿Con la tía Coro? Se relacionaban muy poco. La tía Coro está empanada, siempre estaba criticando a mamá y dando la lata con la religión. Seguro que dice que lo de Cristi es un pecado en vez de una desgracia. De mis primos hay dos que son normales, y sus padres procuran que no vengan mucho. Yo fui a Venezuela un verano cuando tenía trece años y me aburrí como una ostra, todo era ir al club del Opus y a merendar a casa de gente como ellos. No he vuelto más.

—Bueno, Guillermo, no queremos molestarte más, pero si te acuerdas de cualquier cosa: alguien con quien tu madre hubiera discutido, algo que la preocupara..., llámanos, por favor. Aunque te parezca una tontería.

—Lo único que le preocupaba es que, si el negocio no iba mejor, quizá tuvieran que despedir a alguien. Y para mi madre las empleadas eran como de la familia.

Curioso, pensó Carmen, nadie había hablado de eso.

Se despidió de Lorena frente a la comisaría y cogió un taxi para volver a casa. Se sentía triste, vieja y cansada. Los fines de semana que empiezan bonitos pueden terminar muy feos.

CATORCE

«Cuarenta y siete mil doscieeentos veinticuatro. Cien miiiiil euros. Seis mil cuarenta, cien miiiiil euros.»

—Pero ¿en todas las emisoras está la murga de la lotería? ¿No hay noticias en ningún lado?

Carmen intentó un par de cambios más y por fin apagó la radio del coche con gesto de fastidio.

—¿Usted no juega nada, jefa? —preguntó Iñaki.

—Sí, algo de la comisaría, lo que lleve mi marido del instituto y alguna participación del súper. Pero oír la lotería y el fútbol en la radio son dos cosas que me ponen triste.

Iñaki guardó un prudente silencio, pero Carmen estaba segura de que el comentario le había parecido una majadería.

—¿Qué harías tú si te tocara la lotería?

—Comprarme un piso —contestó él sin vacilar.

—Ya, como casi todo el mundo. Es curioso que tener un sitio donde vivir se haya convertido en un sueño para el día de la lotería. Nosotros lo tuvimos mejor, y no es que nunca hayan sido baratos pero... Espera, es ahí. A ver si podemos aparcar en OTA. ¿A qué hora te dijo?

—A las diez. Ahí sale uno, hemos tenido suerte.

Llegaron al edificio de la avenida en cinco minutos. Una placa de latón anunciaba en el portal: DIANA POMARES Y JAVIER GARCÍA. PSICOLOGÍA CLÍNICA.

El portal estaba abierto. Un conserje sacaba brillo a unos apliques de metal. A Carmen le recordó al anuncio de Netol, le faltaba el chaleco de rayas. No les debió ver aspecto sospechoso porque no les preguntó dónde iban pese a que no llevaban uniforme. Quizás había demasiados despachos como para preguntar a todo el mundo.

Llamaron a la puerta y les abrió una joven elegante y discreta, como el mismo despacho. Les indicó una sala de espera con música relajante, acuarelas relajantes e iluminación suave y relajante. A Carmen le dieron ganas de gritar, subirse a una silla o hacer algo impropio. Tanta relajación la irritaba. Últimamente, muchas cosas la irritaban. Quizás debería pedir una cita allí mismo. Si le tocaba la lotería, claro. A los pocos minutos, la joven les pidió que la acompañaran y les condujo a un despacho inmenso, con amplios ventanales a la calle. Diana Pomares estaba escribiendo algo en un portátil último modelo.

Carmen se presentó y le enseñó la identificación.

—Ustedes dirán —dijo la psicóloga.

—Estamos investigando el asesinato de Cristina Sasiain. Encontramos una tarjeta de este despacho entre sus papeles y nos preguntábamos si había sido cliente suya.

La mujer sacudió una perfecta melena castaña y movió la cabeza.

—Lo lamento mucho, pero no puedo facilitarles este tipo de información.

—Mire —insistió Carmen—, no pretendo que me revele los secretos de la señora Sasiain, solo quisiera saber si en el último tiempo había algo distinto en su vida, algo que la preocupara y que le hubiera llevado a pedir cita con usted.

—Lo siento de verdad, pero el secreto profesional me obliga a no revelar siquiera si era paciente nuestra.

Carmen pensó que no lo sentía en absoluto. A aquella mujer le gustaba tener la sartén por el mango y estaba gozando en su papel de guardiana del secreto profesional.

—Pues tendremos que solicitar una orden judicial.

—Hagan lo que deban, agente. Estaré encantada de

recibirles cuando quieran, pero de momento no puedo decirles nada más.

¡Agente! ¿Qué se pensaba, que era una guardia municipal que le iba a poner una multa? Menuda estirada. Le hubiera gustado empapelar el despacho de órdenes judiciales. Y mandar a un inspector de hacienda; seguro que defraudaba. Lamentó no haberse subido a una silla.

Salieron a la calle. Hacía mucho viento. El día estaba gris y desapacible. Se apresuraron al coche.

—Para lo que ha dicho, no sé por qué nos ha dado cita. Nos lo podía decir por teléfono y nos hubiéramos ahorrado el viaje —comentó Iñaki.

—Pero así se da más importancia, hombre. Entre los secretos profesionales y los personales, no damos con nada que tenga interés.

—Es lo que tiene trabajar con gente rica que va a los psicólogos. Mi madre, como se lo cuenta todo a su peluquera, sería mucho más fácil de investigar.

Carmen dio un grito.

—¡Iñaki, eres un genio! ¡Sí, señor! Tenemos que encontrar a la peluquera.

Ante la mirada divertida de Aduriz, Carmen se apresuró a llamar a Lucía Noailles, quien le proporcionó el nombre de la peluquera. Estaba muy cerca de allí.

A Carmen le pareció que resultaría menos intimidatorio si iba ella sola. Le dijo a Iñaki que no la esperase y se encaminó a la elegante peluquería Elvira. Nunca había entrado antes, suponía que los precios superarían con mucho lo que ella podía permitirse. La decoración era moderna. El suelo de baldosa imitaba a los de las casas antiguas, los espejos inmensos, de esos en los que te veías siempre con buena cara, estaban iluminados con mucho acierto. Las empleadas llevaban unos uniformes de inspiración japonesa en negro y sonaba algo que mezclaba sonidos de la naturaleza con música de arpa. Más relajación, pensó Carmen. Solo el olor a peluquería, ese que iguala los grandes salones con los pequeños cuchitriles con la característica mezcla de laca, champú y tinte de amoniaco revelaba la verdadera naturaleza del negocio. Carmen supuso que una mujer de mediana edad que no iba de uniforme y estaba dando los últimos toques a una clienta era la propia Elvira. Una de las chicas se le acercó y le preguntó si tenía hora. Carmen dijo que tenía que hablar un momento con la dueña de un asunto oficial. La joven puso cara de duda y le dijo que se sentara un instante. Cuchicheó algo al oído de la propietaria, que miró con curiosidad a Carmen y terminó de poner algún tipo de producto desconocido en el flequillo de la clienta.

No tuvo que esperar más de cinco minutos. Cuando la propietaria se le acercó y se le presentó como Elvira Campos, Carmen le mostró su placa y le explicó el motivo de su visita, y Elvira Campos le pidió que la acompañara a un pequeño despacho situado en el piso superior.

Era una mujer guapa sin estridencias. Tenía un pelo rubio precioso que parecía natural y una expresión amable.

—¿Es por la muerte de Cristina Sasiain? ¡Qué horror! Todavía no me lo puedo creer. Estuvo aquí el día antes de que la mataran. Haciéndose unos brillos. Tenía una melena preciosa. No hay nada como una melena rubia natural para mejorar el color o iluminarla. Pero perdone, estoy hablando de tonterías y usted querrá saber algo.

—¿Así que estuvo aquí la víspera de su muerte? ¿Le comentó si tenía algún compromiso especial?

—No, no comentó nada. Pero ella venía cada quince días a retocar puntas, para color o simplemente para peinar. Y una vez al mes venía para algún tratamiento facial con nuestra esteticista. Era muy buena clienta.

Carmen volvió a repetir la pregunta hecha mil veces: ¿Había notado algo especial en Cristina Sasiain en las últimas semanas?

—No, no diría yo especial. Estaba muy contenta. Tenía el desfile encima, eso siempre le gustaba; venían los chicos a casa por vacaciones y le hacía mucha ilusión la operación de estética.

Carmen dio un respingo: ¡Por fin algo nuevo!

—¿Iba a hacerse una operación de estética?

—Sí, ya tenía hora en una clínica de Barcelona, la Teknon, creo. Tenía muy pensado lo que quería, cuello, ojeras y surco nasogeniano.

Carmen pensó que la peluquera hablaba como si ella misma tuviera una clínica especializada.

—La animé muchísimo. Yo me hice los párpados hace dos años y estoy muy contenta.

Carmen se fijó sin querer. No se apreciaba nada raro, la mujer tenía unos ojos bonitos de expresión natural.

—Perdone, pero nos habían dicho que la señora Sasiain tenía mucho miedo a los hospitales y a todo lo relacionado con la medicina.

—Es verdad. Estuvo mucho tiempo dándole vueltas, no se atrevía. Tenía verdadera fobia. Yo le dije que por qué no hablaba con alguien. Yo tenía pánico a los aviones y fui unos meses donde Diana Pomares y el verano siguiente viajé a Nueva York, y tan tranquila.

—¿Y ella siguió su consejo?

—Sí, me comentó que estaba encantada. Había hecho la prueba de hacerse unos análisis y lo había superado muy bien. Creo que tenía cita en enero en Barcelona. Pero no quería decírselo a nadie.

—¿Por qué?

La mujer se encogió de hombros.

—Para dar una sorpresa, supongo. O por coquetería. Yo tengo clientas que dicen que han estado haciendo un tratamiento de belleza en un *spa* y lo que han hecho es operarse. No es agradable reconocerlo, es aceptar que se te notan los años. Aunque en mi opinión es mucho más digno: para que comenten a tus espaldas, que digan de frente qué les parece.

—¿Y por qué cree que era tan importante para ella, hasta el punto de superar esa fobia?

—No sé, siempre había sido una mujer muy guapa, pero los años no pasan en balde y creo que las mujeres hermosas lo acusan más. O la crisis de los cincuenta, la menopausia, qué sé yo, lo mismo que a todas... Por cierto, tiene usted un pelo bonito, pero debería cortárselo a capas y darse unos brillos caoba, la rejuvenecerían mucho.

Carmen se despidió y le rogó que si recordaba cualquier cosa, por favor se lo comunicara. Salió a la calle preguntándose si tanto rodeo para una brizna de información merecía la pena, y si debería cambiar de peluquería.

QUINCE

Carmen comió un pincho de tortilla en un bar frente a la comisaría con gran sensación de culpa y se prometió a sí misma que después de navidades se pondría a dieta e iría a la piscina por lo menos tres veces por semana. Pidió sacarina con el café y se sintió un poco más reconfortada.

Lorena e Iñaki le esperaban en el despacho rodeados de papeles.

—¿En qué estáis? —les preguntó.

—Cuentas —respondió Lorena.

—¿Y qué tenemos?

—¡Uf!, un lío. Hemos llamado a Xabier de contabilidad para que venga a echarnos una mano. Por ahora, sabemos que Cristina Sasiain y su marido tenían separación de bienes. Tenían una cuenta conjunta para los gastos de la casa, los hijos, etc., y el resto por separado. Las del marido las miró Fuentes al principio.

—Por cierto, ¿dónde está? —quiso saber Carmen.

—En la tienda, le hemos dicho que usted quería que comprobara los libros y averiguara si es verdad que se había pensado en despedir a alguien —dijo Iñaki con voz preocupada.

Carmen sonrió de oreja a oreja.

—Os voy a proponer para un ascenso —dijo—; pensar que me tocaba trabajar con él toda la tarde me ponía los pelos de punta.

—Bueno, Cristina tenía varias cuentas y no era muy ordenada —continuó Lorena—. Tiene un plan de pensiones y una cuenta de ahorro con dieciocho mil euros y hemos mirado su declaración de la renta personal; las declaraciones de IVA de la tienda se las hemos dejado a Fuentes.

—¿Sus gastos fijos son muy elevados?

—No pagan hipoteca y el local de la tienda es suyo. Hacen ingresos mensuales a los hijos, que estudian fuera. Las universidades son privadas y cuestan una pasta. También tienen un seguro médico privado para toda la familia, más el sueldo de la chica de servicio.

Lorena hizo una pausa y cogió otra carpeta con extractos de banco marcados con rotuladores fluorescentes de diferentes colores, y prosiguió:

—Luego hay varios gastos fijos: peluquería, gimnasio, masajista, suscripciones a algunas revistas... El resto es un batiburrillo imposible de entender. Gastaba bastante dinero, pero no tenía un patrón fijo.

—¿Y el marido?

—De la cuenta común paga las cuotas de un club de golf y otro de tenis. Hay muchas facturas de restaurantes y hoteles. No sé si esta gente llevaba muy ordenada la separación entre la casa y el negocio. Cristina tenía varias cuentas y hacía ingresos entre unas y otras. Tres tarjetas de crédito que parece haber usado indistintamente. Como patrimonio: la casa, que es de ella (herencia de familia), y un apartamento en Formigal a nombre de los dos. No sé si nada de esto tiene algún sentido.

—A mí me extraña una cosa —dijo Iñaki.

—Pues di, hijo, que hoy estás muy inspirado —contestó Carmen.

—Me parece que no tenía mucho dinero; quiero decir entre todas las cuentas. Para una mujer de esa clase, con un negocio que va bien, esa casa y algo más que habrá heredado... ¿Solo dieciocho mil euros de ahorros? Porque tampoco ha invertido en pisos, por lo que parece.

—Bien, cuando Xabier haya revisado este barullo de cuentas, lo volvemos a mirar, pero tienes razón en que no es mucho dinero, el que está a la vista por lo menos.

—Hay otra cosa que a lo mejor tiene interés —dijo

Lorena—. Hay un recibo de VISA de un billete a Ginebra el mes pasado. Estuvo solo unas horas.

—¿Visita al banco? —preguntó Carmen.

—Quizás sea algo relacionado con el negocio, pero me parece un viaje muy rápido.

—De acuerdo, Lorena. Comprueba qué fue a hacer a Suiza.

—No sé qué iría a hacer, pero le dio tiempo a comprar un Patek Philippe de cuarenta mil euros —dijo Iñaki levantando la vista de un montón de recibos.

—No estoy al tanto de las costumbres de los ricos, pero me parece un detalle un poco exagerado para traer al marido de un viaje, ¿no? —comentó Carmen.

—¿Quiere que averigüe si se lo regaló al marido?

—Sí, y si no, pregúntale al anticuario.

En ese momento Amaia, la administrativa, entró en el despacho.

—Oficial, ha venido Kepa García. Quiere hablar con usted.

Carmen se levantó sorprendida. ¿Qué mosca le habría picado al ecologista?

Kepa García estaba sentado al borde de una silla con su sempiterno jersey marrón. Carmen pensó que para Reyes la madre debería comprarle otro, para que tuviera un *quita y pon* por lo menos.

Le hizo entrar en el despacho.

—Usted dirá —dijo. Luego, recordando la última conversación, repitió la frase en euskera.

—Me han estado siguiendo, acosando, preguntando a mis familiares.

—Yo no he dado ninguna orden en este sentido.

—Es posible, pero el otro va por libre —empezó a retorcerse las manos—. Mi psiquiatra me ha dicho que a lo mejor me tranquilizaba si hablaba con usted.

—Pero, señor García, yo no le considero sospechoso de nada. Si en algún momento le necesito para la investigación, se lo diré claramente.

—Pero es que esta sensación de esconderme continuamente me angustia mucho. Me han tenido que subir la medicación. Yo estaba muy bien, llevo una vida completamente normal. ¿Es que un ingreso psiquiátrico cuando tenía veintitrés años me va a perseguir toda la vida?

—Pero es que yo no le he pedido cuentas de nada...

El hombre no parecía oír nada de lo que Carmen decía. Le entregó un sobre.

—Es un informe de mi psiquiatra. Pone que estoy bien, léalo.

Carmen iba a devolvérselo diciendo que no era necesario, pero la cara de angustia de Kepa García le indicó que era mejor hacer lo que le pedía.

El paciente Kepa García sufre un trastorno bipolar en tratamiento con litio. Desde el año 2003 permanece estable, sin episodios de descompensación de su patología. Está capacitado para desempeñar cualquier trabajo y no supone un peligro para su entorno social.

Carmen le miró con lo que esperaba fuera una cara de máxima aprobación.

—A lo mejor piensa que el informe es falso.

Carmen se apresuró a negar tal cosa.

—O que el psiquiatra está conchabado conmigo.

Nuevas negaciones enfáticas de Carmen.

—Sepa que estoy dispuesto a que me examine uno de sus peritos. Yo no tengo nada que ocultar. Si me dedico a la defensa de los animales es porque estoy en contra de toda violencia. ¿Tan difícil es de entender? ¿Cómo pueden imaginar que mataría a un ser humano?

La voz iba subiendo de tono, parecía a punto de echarse a llorar. Carmen bajó más la voz, le habló casi como a un niño. Le aseguró que podía estar tranquilo, que valoraba mucho su disposición, que ella tenía plena confianza en su salud mental y que se encargaría personalmente de que no le molestaran más. Guardó el informe como si fuera un documento de la máxima importancia y le acompañó a la salida.

Cuando le perdió de vista, suspiró. Las investigaciones tenían siempre multitud de daños colaterales. No sabía hasta qué punto afectaría a aquel pobre chico. Sintió un nuevo ataque de irritación contra Fuentes. ¿Por qué siempre tenía que ir a su aire, sin respetar las normas y con un saco de prejuicios a la espalda muy superior al de la mayoría? No estaba en sus manos evitar los daños del asesinato: el dolor de la familia, las repercusiones en el negocio, la tristeza de sus amigos; pero, por lo menos, tenían que ser muy cuidadosos con no hacer más daño del imprescindible con la investigación. Bastantes cosas removían de la víctima y sus allegados, en ocasiones tristes, feas o vergonzosas, como para, además, ensañarse con los elementos más débiles en la investigación. Carmen creía a Fuentes capaz de interrogar a la hija de la víctima en el psiquiátrico y presionarla para que dijera que los remordimientos la impulsaron al intento de suicidio. En ese momento sonó su móvil personal. Le extrañó ver el nombre de su hermana, nunca la llamaba en horas de trabajo.

—¿Qué pasa, Nerea?

—Es la *ama*, estamos en Urgencias —respondió su hermana.

—Pero ¿es grave?

—Todavía no sabemos nada. Tiene fiebre alta y le están haciendo pruebas. ¿Puedes venir?

—Sí, sí. No te preocupes, voy ahora mismo.

Entró apresurada en la sala donde trabajaban Lorena e Iñaki.

—Me voy al hospital. Mi madre está en Urgencias.

Iñaki se levantó.

—La llevo, jefa.

—No, no, vosotros seguid con esto. Cogeré un taxi. En cuanto sepa algo os llamo.

Otra visita a Urgencias en menos de veinticuatro horas. Pero ahora la angustia era para ella, no iba de espectadora.

DIECISÉIS

Carmen entró en la sala de espera de Urgencias buscando a su hermana con la mirada. Estaba repleta de gente, como era habitual. Gente con cara de aburrida y aspecto de llevar tres horas esperando por alguna nimiedad. Carmen no entendía que la gente subiera por tonterías. No solo por el mal uso del servicio, sino porque la idea de pasar un montón de horas en un lugar tan deprimente si no era estrictamente necesario le resultaba incomprensible. Otros tenían la expresión angustiada de quien está a la espera de noticias que supone malas. Se le encogió el estómago. Vio a su cuñado en un rincón, con el periódico.

—¿Dónde está Nerea?

—Ha acompañado a tu madre a rayos.

—¿Qué ha pasado?

—No sé, creo que ha llamado con el *telealarma* ese.

Se había caído de la cama y tenía mucha fiebre. Aún no saben más.

Carmen se revolvió nerviosa. Pensó en ir a buscar a su hermana, pero los enmarañados pasillos del hospital le parecían hostiles. Quedarse con su cuñado no parecía mejor plan.

—¡Dios!, qué deprimente es este sitio. No entiendo por qué no os hacéis de algún seguro, venir aquí pudiendo ir a la Policlínica...

Carmen se contuvo, no le parecía el momento de pelearse con su cuñado. Eso podía esperar a Nochebuena. Contestó, con un tono que pretendía ser neutro, que dudaba de que hubiera mejores profesionales en la privada.

—Ya —insistía él—, pero el sitio, la gente... Todavía nos pegarán algo —dijo mirando con reparo a una familia gitana sentada frente a ellos—. Y luego las esperas, llevamos más de una hora aquí.

—Si quieres, puedes irte. Ya me quedo yo con Nerea.

Emilio se levantó como si lo hubieran accionado con un resorte.

—Vale, tengo cosas que hacer. Si necesitáis que os venga a buscar o algo, me llamáis.

Y salió apresurado, como si temiera que Carmen retirara el ofrecimiento.

Carmen se levantó y pasó con cierto temor un acceso con una señal de PROHIBIDO. Se encontró en un pasillo con puertas a ambos lados. De vez en cuando se abría una y salía alguien que se dirigía con paso apresurado a algún otro sitio. No sabía si podía estar allí ni a quién preguntar por su madre y su hermana.

Cuando estaba a punto de salir a Admisión de nuevo para preguntar, las vio venir acompañadas de un celador. Su madre iba en silla de ruedas, parecía mucho más pequeña y tenía un aspecto perdido. El celador abrió una de las puertas misteriosas y salió una enfermera a decirles que esperaran un momento en la sala de espera, que enseguida las llamarían.

Sacaron un café de la máquina y se sentaron en un rincón.

—¿Qué ha pasado? —preguntó Carmen.

—Me han llamado los de la ambulancia —contestó su hermana—. Por lo visto, quiso ir al baño y se cayó. Luego ya no podía levantarse y llamó con el *telealarma*.

—¿Se ha roto algo?

—No, parece que se cayó por la fiebre. Están mirando de dónde le viene. Yo hablé con ella anteayer y no se encontraba muy bien. Le dije que fuera al médico, pero ya sabes cómo es la *ama*, dijo que tomaría leche caliente con miel y una aspirina.

—Deberíamos convencerla para que coja una chica... No puede seguir sola —dijo Carmen. Sentía mala conciencia; hacía por lo menos una semana que ni llamaba ni veía a su madre. Su hermana siempre estaba mucho más pendiente, claro que ella no trabajaba... Con todo, se sentía culpable.

—¿Estás con el asesinato de Cristina Sasiain?

—Sí, he estado muy liada estos días.

—Borja va a clase con el pequeño de sus hijos, Guillermo.

Carmen recordó en ese momento que sus sobrinos iban al Colegio Inglés. Si por lo menos Nerea les hablara euskera en casa... Su hermana seguía hablando.

—Ella, Cristina, a veces venía a las reuniones del colegio. Era una mujer lista. Solía tener buenas ideas, pero era un poco dominante para mi gusto. Manipulaba las reuniones para que se hiciera lo que ella quería. De todas formas, últimamente venía poco.

—¿Habías hablado con ella?

—Alguna vez, en algún cumpleaños, pero nada personal. Era una mujer muy atractiva, con un estilazo tremendo. Me pareció raro cuando dijeron que se iba a separar.

—¿Cuándo fue eso?

—Ya hará un par de años. Se corrió el rumor de que el marido se había liado con una jovencita, pero luego quedó en nada. Para mí que la gente inventa historias. Yo conocía a la chica, de unos treinta y pocos. A lo mejor te acuerdas de quién es: la pequeña de las Lizarraga, Mentxu.

Carmen negó con la cabeza.

—Sí, mujer —continuó su hermana—. Eran seis hermanas de Zumárraga. Muy guapas todas. La mayor es de tu edad. Las dos pequeñas trabajaban en la empresa Usabiaga. Esta que dijeron que se había liado con Andoni es química.

Carmen seguía sin caer. Tenía muy mala memoria para esas cosas: quién de su clase salió con quién, el nombre de una muy guapa de Burgos que pasaba los veranos en casa de su tía en Legazpi... Nerea, en cambio, era un registro viviente.

Poco después las llamaron para que entraran a hablar con un médico.

A Carmen aquel chico flaco, perdido en un pijama verde, le pareció de la edad de su hijo. ¿Tan jóvenes y ya eran médicos?

Les dijo que su madre tenía una neumonía y que debía quedarse ingresada. El mismo celador de antes, un joven muy amable que se dirigía con mucho cariño a la anciana, las acompañó a la habitación.

Su hermana se ofreció a quedarse. Carmen dijo que ella iría a buscar una bolsa con las cosas de su madre y que se quedaría a pasar la noche. La mujer parecía totalmente desorientada, llamaba a su marido, muerto diez años atrás, decía que retiraran la sopa del fuego e intentaba quitarse el suero.

Eran más de las seis cuando salió del hospital y cogió un taxi para que le llevara a comisaría. No tenía mucho tiempo. Quería ver si había algo nuevo, hablar con el comisario, ir a casa de su madre a buscar camisones y un neceser y pasar un momento por casa antes de ir al hospital. Cuando llegó, Lorena estaba al teléfono, Iñaki revisaba unos recibos con Xabier, el de contabilidad, y Fuentes escribía algo en el ordenador.

—¿Qué tal, jefa? —preguntó Iñaki.

—La han dejado ingresada; yo voy a subir a pasar la noche al hospital pero quería saber si teníais algo nuevo.

Lorena colgó el teléfono.

—Lucía Noailles no sabía nada del viaje a Suiza de su socia, o eso dice. Creía que había alargado el fin de semana en Formigal. Del reloj aún no sé nada. Andoni Usabiaga no estaba en casa; llegará sobre las ocho.

—Nosotros no hemos avanzado mucho —dijo Iñaki—. Igual para mañana tenemos las cosas un poco más claras. Los movimientos de cuentas de este año y el anterior son bastante parecidos en cuanto a gastos, y algo menos en ingresos.

—Yo he revisado las declaraciones del IVA de la tienda —añadió Fuentes—. Los ingresos habían bajado respecto a años anteriores, pero la situación no era alarmante. Por lo visto la socia era partidaria de hacer algunos recortes: no hacer desfile este año y despedir a la empleada más joven, la que solo va por las tardes; pero Cristina se negó. Según ella, en tiempos de crisis no había que recortar, sino invertir: dar más brillo al negocio. Y por lo visto tampoco quería despedir a nadie. Tenía una actitud bastante protectora respecto a sus empleados y además le parecía que la chica valía. Según Lucía, había dicho: «Aparte de Elena, es la única que vale para el negocio.»

—¿Está el comisario arriba? —preguntó Carmen.

—No —contestó Lorena—. Creo que tenía que ir al ayuntamiento a una reunión.

—Mejor —contestó Carmen—. Ya le veré mañana. Llevo el móvil por si me necesitáis.

La casa de su madre estaba en la calle Moraza. Subió en el ascensor, que era viejo y lento. Al entrar en el piso notó el olor a colonia Álvarez Gómez que siempre asociaba con ella. En el cuarto, sacó de un cajón unos camisones sin estrenar que guardaba «por si le pasaba algo». También cogió ropa interior, zapatillas y una bata de franela rosa. Al entrar en el cuarto de baño para preparar el neceser le entraron ganas de llorar. Los azulejos verdes eran los mismos de cuando su madre se fue a vivir allí cuando enviudó, el espejo tenía manchas y la luz mortecina daba un color cetrino a cualquiera que se reflejara. Solo encontró una pastilla de jabón usada y un cepillo de dientes despeluchado. Y una botella empezada de colonia.

Salió de allí como si le persiguieran. Entró en una perfumería nueva, limpia y ordenada, y compró un neceser y productos de aseo. Ya no le daba tiempo a pasar por casa. Llamó a Mikel y le explicó la situación. Él le propuso ir a buscarla y llevarla al hospital, pero le dijo que no hacía falta. Se comió otro pincho de tortilla en un bar desangelado y cogió el autobús. Durante el trayecto pensó en la dieta «del pincho de tortilla» que había iniciado. Al llegar a la parada del hospital había conseguido arrancarse una sonrisa a sí misma al concluir que peor es que se viera obligada a hacer la «del melocotón en almíbar», una dieta que había sido muy popular hacía unos años entre las amigas de Nerea.

Entró en el vestíbulo del hospital y el estómago se le volvió a encoger. En los últimos tiempos estaban haciendo un esfuerzo por renovar el aspecto y darle un aire más moderno a un edificio de los años sesenta, pero a Carmen le seguía oliendo a desinfectante, sopa de enfermo y tristeza. Nunca lo decía a nadie porque le parecía ridículo en una mujer de su edad, pero los hospitales le producían una mezcla de pena y miedo que hacían que deseara salir huyendo. Volvía a sentirse como cuando era pequeña y la llevaban a casa de la tía Amparo, que era oscura, fría y llena de sombras amenazantes. La gente pensaba que una mujer de su edad, ertzaina y poco dada a exageradas muestras de emoción, no tenía miedo a nada, o por lo menos no a algo tan trivial como un hospital. Se suponía que el haber visto heridos y muertos te curtía y te inmunizaba frente a las cosas que provocaban malestar en gente más sensible. Pero no era así. Si no había más remedio, hacías de tripas corazón y te enfrentabas a lo que hiciera falta, pero cada uno tenía sus propios temores. Sabía que Lorena no soportaba las cucarachas y Fuentes era incapaz de montar en un avión. Ella iba a pasar la noche allí, pero hubiera preferido entrar en un escondite de la mafia albano-kosovar.

Subió a la quinta planta y entró en la habitación. Su madre parecía dormida. La anciana de la cama contigua roncaba, nadie la acompañaba. Salió un momento al pasillo con su hermana.

—Ha estado más tranquila, le ha bajado la fiebre. Le están poniendo antibióticos por vena. No ha querido cenar, solo ha tomado un caldo.

—Venga, vete, que tus hijos estarán sin cenar.

—No, le he dicho a la canguro que se quedara un rato más y les diera la cena. Emilio siempre llega muy tarde y no se apaña bien con esas cosas.

Carmen no dijo nada para no decir lo que pensaba de las habilidades domésticas de Emilio. Dio un beso a su hermana y entró en la habitación como quien entra en la guarida del monstruo.

DIECISIETE

Carmen rebuscó en su bolso, sacó un frasquito de Un jardin sur le Nil y se perfumó las muñecas y las sienes, intentando conjurar los olores del hospital. Luego sacó unas pastillas de menta y se las metió en la boca. Quizás, si conseguía mantener sus sentidos anestesiados, la noche no sería tan mala.

Desgraciadamente, no tenía ningún libro. Cogió una revista que había dejado su hermana. La decoración navideña del castillo de unos duques de Baviera; Carolina y sus hijos en Gstaad; la boda de una actriz española que le resultaba totalmente desconocida... Amor y lujo. A lo mejor, si la miraba despacio, hacía los pasatiempos y leía las recetas, conseguía ocupar una hora. Y serían las diez, toda la noche frente a ella.

Miró a su madre dormida. Parecía tan frágil con ese camisón azul del hospital... Era una mujer que siempre había podido con todo, nunca tuvo un catarro ni un dolor de cabeza, no temía a nada ni a nadie... ¿En qué momento se había hecho vieja? Tenía la sensación de que había sido algo repentino. Cuando sus hijos eran pequeños, los había cuidado, les hacía disfraces, pasteles, los llevaba a la cabalgata, todo mientras atendía a su marido enfermo y le llevaba a Carmen comidas preparadas para casi toda la semana. Siempre con un gesto un poco brusco, excepto con los niños. No era una mujer cariñosa ni zalamera, expresaba el cariño con hechos sólidos, no con palabras ni caricias. Y un buen día pareció disminuir de tamaño; empezó a sentarse para pelar las patatas o limpiar la verdura, a pedir ayuda para algunas cosas y Carmen se dio cuenta de que habían cambiado los papeles, de que le tocaba a ella ser el puntal de la familia y no se sentía nada segura de poder suplantar a su madre en ese papel.

Se abrió la puerta y entró una enfermera jovencita con un suero que conectó a la muñeca de su madre. Luego se acercó a la cama de al lado y corrió la cortina.

Minutos después salió de la habitación. Carmen manipuló el sillón para poder reclinarse. Hacía mucho calor. Debería haber cogido una botella de agua. Cerró los ojos y se imaginó su casa. Mikel y los chicos habrían pedido una pizza para cenar. O a lo mejor Mikel les había hecho una tortilla. Estarían en el sofá, seguro que no habían puesto la mesa. El sonido del oxígeno le distrajo de sus pensamientos. La mujer de la otra cama empezó a hablar en sueños. Se sentía cansada. Si al menos consiguiera dormir un rato... Aquella silla parecía diseñada por un torturador profesional, unos hierros se le clavaban en la espalda y el escay se le pegaba al cuerpo y le hacía sudar.

Intentó imaginarse una playa desierta, un lugar agradable; pero los sonidos hostiles no le dejaban concentrarse. Cogió la mano de venas pronunciadas y manchas marrones de su madre y la acarició suavemente. Empezó a sentirse más tranquila. Debió de quedarse dormida, pero al poco rato entraron otra vez en la habitación para ponerles el termómetro y tomarles la tensión. Carmen se preguntaba si realmente todos esos cuidados nocturnos eran imprescindibles; no era posible dormir ni dos horas sin que alguien entrara, encendiera la luz y se comportara como si fueran las diez de la mañana. Su madre se despertó y parecía asustada. Quería levantarse de la cama. Carmen necesitó toda su maña y paciencia para tranquilizarla de nuevo. La mujer de la otra cama empezó a gritar. Cuando llevaba diez minutos de gritos y Carmen temía que su madre se uniese al alboroto, entró otra enfermera y le puso algo en el suero que la calmó poco rato después.

Miró el reloj. Las doce y cuarto. Volvió a su sillón y empezó a repasar el caso para contener la angustia. Había algo que se les había pasado, seguro que había algo importante que tenían delante y no habían visto. Pasó lista a los familiares, los empleados, los amigos. ¿Quién podía odiar a Cristina Sasiain? La línea de los ecologistas le parecía totalmente inverosímil. Kepa García era un enfermo, pero no lo veía cometiendo un asesinato. Pero ¿por qué habrían pintado los abrigos de rojo? El amante le parecía un elemento que estaba de más en la historia, que no encajaba. Como un extra en la película de la vida de la peletera. Pero si lo había elegido como amante debía de tener importancia para ella. Claro que la vida de todas las personas que había conocido en ese caso se parecía poco a la suya; le costaba ver lo que era importante para ellos y lo que no. Los hijos. Cristina, como todas las madres, había tenido problemas con sus hijos. Incluso más que la mayoría. La tienda, los problemas económicos, si es que era verdad que pensaban despedir a alguien, coincidían con los del marido, que tampoco parecía en buena posición en sus negocios, pero ¿tenía eso algo que ver con el crimen? La socia, ¿cómo era en realidad la relación entre Cristina y Lucía? Solo tenía una versión de la historia y la gente veía a Lucía como una mujer tranquila y sensata, pero difícil de conocer. La idea insidiosa de que había algo entre ella y Andoni se había colado en su subconsciente y volvía a aparecer de tanto en tanto. La proyección pública, salir en *El Diario Vasco*, encabezar un movimiento contra el impuesto revolucionario, hacerse una operación de cirugía estética, quizás evadir impuestos. La hermana... ¿cómo podían ser dos hermanas tan diferentes? Quizás era el cuñado del Opus el que la había cambiado. En realidad, cuando pensaba en cuñados y hermanas, eran Nerea y su marido quienes le venían a la cabeza. Pero ¿Emilio había cambiado a Nerea? Para ser justa, no creía que le pudiera echar la culpa de eso. Su hermana era distinta de ella desde pequeña: ordenada, primorosa en las tareas de la escuela, con las trenzas siempre tirantes y bien peinadas. Hacía colecciones y las acababa. Le gustaban las cosas bonitas. Nunca reñía, pero siempre se salía con la suya. Ella eligió a Emilio y suponía que tenía una vida a su gusto: limpia, clara y ordenada.

Le despertó un quejido de su madre. Se incorporó sobresaltada. Las tres y veinte. Su madre repetía que tenía que ir al baño. Le habían puesto pañales, pero ella no aceptaría esa humillación ni con la cabeza perdida. Carmen la ayudó a levantarse y la llevó al cuarto de baño. Le quitó el pañal asumiendo incurrir en las iras del personal. Su madre la miró agradecida y Carmen notó que se le saltaban las lágrimas. La acompañó a la cama y su madre la miró como rozando la realidad de nuevo.

—Tengo mucha suerte —le dijo—. Los hijos son como las flores del campo, salen como salen. Pero vosotras habéis salido buenas las dos. He tenido suerte. Carmen la besó. Debía ser la fiebre. Era lo más cariñoso que su madre había dicho en la vida.

El resto de la noche transcurrió largo, tedioso a veces, inquietante otras. Carmen estuvo en un duermevela constante, interrumpido por su madre, el personal del hospital y su propia angustia. A las seis y media se abrió la puerta y vio entrar a Nerea. Le pareció una aparición divina.

—He pensado que mejor venía pronto. Tú tendrás trabajo y querrás pasar por casa a ducharte.

Carmen la besó, le dio el parte de la noche y salió huyendo del reino de las sombras.

Entró en casa de puntillas. Dejó el periódico y los cruasanes sobre la mesa y se dirigió al dormitorio. Se sentó en la cama y abrazó a Mikel. Estaba caliente y la besó completamente dormido. Carmen se quitó los zapatos y se metió bajo el edredón. Solo cinco minutos, pensó.

—Ven aquí —dijo Mikel con voz soñolienta—. Estás helada.

Y la abrazó como un oso. Ella disfrutó intensamente de esos cinco minutos de seguridad y cuando sonó el despertador se levantó un poco más consolada y fue a la ducha. Se lavó el pelo para eliminar el olor a hospital que la impregnaba y se puso un jersey de cuello alto. Estaba destemplada. Mientras tomaba un café, hojeó el periódico. En la panadería solo tenían *El Diario Vasco*. Pasó por las páginas de política local y nacional casi sin mirarlas. No podía demorarse mucho. De pronto el título de un editorial le puso en alerta: «¿A qué se dedica la Ertzaintza?»

DIECIOCHO

En el autobús camino de la comisaría fue releyendo el artículo.

¿Está la Ertzaintza preparada para ser la policía del siglo XXI? Los días van pasando y no parece haber noticias sobre el asesinato de Cristina Sasiain. Y los ciudadanos temerosos se preguntan: ¿Estamos seguros?

Aunque la Ertzaintza ha dado muestras de profesionalidad en la lucha antiterrorista, quizás ha sido en detrimento de la atención a otras áreas. La nuestra es habitualmente una ciudad segura, y quizás nuestros agentes no están acostumbrados a tratar con este tipo de crímenes. Sin embargo, aunque poco frecuentes, estos casos requieren una atención diligente y una rápida solución.

A Carmen le hervía la sangre de rabia. ¿Qué pensaban que hacían el resto del tiempo en comisaría?, ¿bordar? Una ciudad tranquila... Desde luego, no era el Bronx, pero tampoco tenían cientos de agentes. Y problemas había todos los días, aunque las víctimas no fueran famosas. Lo malo sería cómo se lo iba a tomar el comisario.

No tuvo dudas de que se lo había tomado mal cuando llegó y vio las caras de Lorena e Iñaki.

—Ha dicho el jefe que suba —dijo Aduriz.

—¿Cómo está su madre? —preguntó Lorena.

—Más o menos igual. Será mejor que vaya. Cuanto antes acabe con la bronca, antes nos ponemos a trabajar.

Llamó a la puerta y oyó la voz de Tomás Landa decir en tono seco:

—Adelante.

Sobre la mesa, ostentosamente abierto por la página fatal, estaba *El Diario Vasco*.

—¿Recuerda lo que le dije, oficial Arregi?

—¿Respecto a qué, comisario?

—A que si necesitaba ayuda la pidiera. Estamos haciendo el ridículo. Voy a llamar ahora mismo a los de Bizkaia para que vengan a echar una mano.

—Deme dos días más, comisario. Si para Navidad no lo hemos resuelto, pedimos ayuda, pero si vienen ahora, entre que les ponemos al día y empezamos, vamos a perder más tiempo que si seguimos nosotros. ¿Por qué no convoca una rueda de prensa?

—¿Y qué les digo?

—Pues eso que usted hace tan bien: que si no hacemos declaraciones es para proteger la investigación, que trabajamos sobre pistas muy sólidas... Si quiere le mando a Fuentes con las estadísticas de casos resueltos durante el año...

—No, a Fuentes no —dijo Landa con un escalofrío—, le hará falta en su equipo. Dígale a Amaia que lo prepare y lo suba antes de las once. Pero le doy dos días, ni uno más, ¿entendido?

Carmen bajó las escaleras de dos en dos. Quizás era un defecto, pero no se apañaba bien trabajando con gente de fuera. Prefería manejar su equipo pequeño y con problemas —Fuentes, por ejemplo—, pero que conocía y controlaba.

Fuentes parecía enfrascado en unos papeles. Iñaki y Lorena le miraron expectantes.

—No ha llegado la sangre al río —les dijo—. Amaia tiene que subirle estadísticas de casos resueltos en el último año y nosotros tenemos dos días antes de que vengan los de Bilbao. ¿Tenemos algo más que ayer?

—El reloj no se lo regaló al marido —dijo Lorena.

—Ni al amante —añadió Fuentes.

—¿Y qué sugieren ellos?, ¿para quién lo compró?

—El amante cree que para el marido. Él dice que

nunca se habían hecho regalos de ese precio entre ellos. Solo pequeños detalles: flores, una corbata de seda, esas cosas.

—¿Y el marido cree que se lo compró al amante? —preguntó Carmen.

—No, no, para nada. No parecía muy sorprendido —contestó Lorena—. Dijo que suponía que sería un encargo de alguna clienta de la tienda, o de alguna amiga.

—Pero Lucía, por ejemplo, no estaba al corriente del viaje a Suiza —comentó Carmen.

—Quizás era alguna amiga más íntima —sugirió Iñaki.

—Es posible. Fuentes, usted se ocupará de seguirle la pista al reloj. Hable con las amigas con las que hablamos al principio, averigüe quién sabía que iba a Suiza y si alguien le encargó algo. Nosotros nos vamos a la tienda.

—Hoy es el desfile —comentó Lorena—. Estarán en el María Cristina.

—Pues iremos al María Cristina. No podemos perder ni un minuto.

Carmen y Lorena miraron a su alrededor asombradas. Era imposible que unas horas después se fuera a celebrar allí un desfile. Todo estaba patas arriba. Carpinteros, electricistas y pintores se afanaban en un decorado que parecía Siberia. Elena Gaínza dirigía a los operarios mientras Lucía, rodeada de un montón de pieles apiladas en el suelo, repartía prendas a un grupo de muchachas altas y delgadas. Ohiana, a su lado, iba leyendo una lista.

—Ane: zorro azul, castor y gabardina forrada; Maialen: lobo, petigrís, visón; Erika: zorro plateado, abrigo ante y mouton, cazadora de nutria...

Carmen recordó el abrigo de astracán de su madre. Su padre se lo regaló en un aniversario. Ella lo usaba poco, solo para bodas, funerales y grandes ocasiones, y lo guardaba en un saco de tela blanco. A veces, cuando eran pequeñas, Nerea y ella lo sacaban de la bolsa y, con la sensación de estar cometiendo un sacrilegio, se lo probaban. Era una prenda grande y pesada que guardaba ese olor de la colonia de su madre.

No vio ningún astracán entre los abrigos que rodeaban a las modelos. Supuso que en peletería, como en todo, había modas, y esa piel habría caído en desuso. Tampoco le sorprendía: con un abrigo de aquellos parecía que fueras a morir aplastada y los que las chicas se estaban probando tenían un aspecto mucho más ligero.

Se dirigió a ellas.

—Perdón —les interrumpió. Lucía se giró y al verlas puso cara de exasperación.

—¿No podrían venir en otro momento? ¿Es urgente? Vamos fatal de tiempo.

—Solo será un minuto.

Con aire resignado, Lucía dio instrucciones a Ohiana y se acercó a ellas.

—Usted dirá.

—¿Sabe si era normal que las clientas hicieran algún encargo a Cristina en sus viajes?

—¿A qué se refiere? ¿Alguna prenda en concreto?

—No, encargos de otro tipo, algo que resulte más económico en otro lugar, o que aquí no pueda encontrarse.

Lucía pareció pensar.

—Yo no diría que frecuente. Alguna vez había traído encargos para ciertas clientas muy especiales: un perfume de una tienda del Marais que es imposible encontrar aquí, caviar cuando estuvimos en Moscú, pero procuraba no dar mucha información sobre sus viajes. Eran de trabajo y no es fácil sacar tiempo para ir de compras.

—¿Le parece posible que trajera un Patek Philippe para una clienta?

Lucía puso cara de duda.

—Me extrañaría, francamente, un encargo de ese precio... Tendría que ser una clienta excepcional.

—¿Podría darme una lista de las mejores clientas?

—Sí, ese tipo de clienta se cuenta con los dedos de una mano.

Dio cuatro nombres que Lorena apuntó.

—Si vienen al desfile podrán hablar con ellas. Han confirmado la asistencia. Y ahora, si no necesitan nada más...

Al salir casi chocaron con un joven mulato con cazadora de cuero que a Carmen se le antojó vagamente familiar.

DIECINUEVE

Salían del María Cristina cuando sonó el móvil personal de Carmen. Era su cuñado. Contestó angustiada pensando que su madre había empeorado.

—¿Sí?, ¿ha pasado algo, Emilio?

—No. Mira, tu hermana no te lo va a decir, pero te lo voy a decir yo: le viene fatal estar hoy en el hospital. Tiene que hacer un montón de compras y les había prometido a los gemelos ir a ver una actuación que tienen de patinaje sobre hielo y...

—¿Y qué sugieres? —le interrumpió Carmen intentando controlar la rabia.

—Bueno... seguro que tienes derecho a cogerte algún día por ingreso de la madre.

—Emilio, no sé si sabes que he estado toda la noche en el hospital.

—Ya, y yo no sé si sabes que Nerea se ocupa de hacerle la compra semanal a tu madre, acompañarla al médico, y que yo le hago la declaración de la renta cada año...

Carmen reprimió las ganas de colgarle y contestó:

—Veo que llevas muy bien las cuentas de esto, como de todo. No te preocupes, yo me encargo —dijo, colgando sin despedirse.

Lorena guardaba un prudente silencio. Carmen se alejó unos metros y marcó el número de su marido.

—¿Mikel? No sabes lo que me ha dicho el imbécil de Emilio...

Y pasó a repetirle la conversación.

—Bueno, no te preocupes. Hija, las familias son como los trabajos: toca por lo menos un imbécil. Yo subo al hospital para que tu hermana se vaya de compras. ¿Vas a venir a comer? Deberías echarte un rato, tienes que estar molida...

—No lo creo, no me esperes. Si pudiera escaparme ya tomaría cualquier cosa que sobre, pero la siesta es un sueño imposible por ahora.

—Bueno, por tu madre no te agobies, yo me encargo. Pon la cabeza donde la necesitas ahora. Cuídate.

Carmen, un poco más calmada, se dirigió al coche donde le esperaba Lorena. Pero seguía sintiendo rabia porque, con todo lo mal que le caía Emilio, sentía que tenía parte de razón. Su hermana se ocupaba de su madre mucho más que ella. Y no solo porque tuviera más tiempo: era más organizada y hacía siempre lo que había que hacer. Sin embargo, ella nunca había sentido que le reprochara nada. Era de esos repartos de papeles que se hacen de modo tácito en las familias. Pero Emilio no era familia. Como decía la abuela Nati: «Cuñados y cuñadas, asas de puchero mal apegadas.» Esta muestra de sabiduría popular la terminó de tranquilizar y le dijo a Lorena:

—Vamos a ver si Fuentes ha averiguado algo. Aunque dudo que esos loros hayan aportado información de interés, como no sea esa... ¿Patricia?

Lorena asintió.

—Sí, Patricia Múgica. La última con la que habló.

Cuando llegaron a comisaría, Fuentes aún no había vuelto, pero le dijeron que Guillermo Usabiaga quería hablar con ella. Carmen se sorprendió, pero le hizo pasar enseguida.

El muchacho tenía peor aspecto que la última vez. Carmen le hizo sentar.

—¿Cómo estás, Guillermo?, ¿te apetece un café?

El chico negó con la cabeza, parecía no saber cómo empezar.

Carmen se dirigió a él con suavidad, como si fuera un animal asustado.

—¿Tienes algo que contar?, ¿te has acordado de alguna cosa que tu madre hiciera o dijera en los últimos días?, ¿sabe tu padre que has venido?

Nueva negativa de Guillermo.

—Es por mi hermana. He ido a verla. Aún está ingresada, pero le van a dar el alta. Me ha dicho que se va a ir a pasar un mes con la tía Coro a Venezuela y que luego quiere irse con las Hermanas Azules de Oropesa.

El chico rompió a llorar. Carmen estaba perpleja. ¿Por qué le parecía a aquel pobre chaval que ella era persona adecuada para contarle los problemas familiares? ¿Y quiénes cuernos eran las hermanas azules de Oropesa?

—¿No puede usted hacer nada?

—¿Para que tu hermana no se haga monja?

—No sé, a lo mejor... Si dicen que no se puede ir del país porque tiene que declarar, o algo. Además, esas monjas son como una secta, ¿no hay una brigada antisectas?

A Carmen le daba mucha pena el chico, pero no quería alimentar falsas esperanzas.

—No creo que podamos hacer nada por ayudarte. Deberías hablar de esto con tu padre.

Vio la cara de decepción de Guillermo.

—O con Lucía, a lo mejor ella tiene la cabeza más clara en este momento y se le ocurre qué hacer.

El chico pareció animarse algo con esta posibilidad.

—Te prometo que miraré si hay alguna información sobre esas monjas azules que podáis utilizar. Tu hermana está pasando un momento muy difícil y no creo que haya que tomarse muy en serio las decisiones que tome ahora.

El chico se levantó y le dio las gracias. A Carmen le hubiera gustado poder meterse a mangonear en aquella familia en la que el único que se preocupaba por las cosas normales era un chaval de 17 años. Las monjas azules... le había picado la curiosidad. Salió del despacho y se dirigió a Iñaki.

—¿Puedes mirarme si hay algo acerca de unas monjas azules?

Aduriz le miró asombrado.

—Luego te cuento, quería saber si están investigadas como secta.

Sin hacer más preguntas, Iñaki se dirigió al ordenador.

Carmen estaba segura de que la principal culpable del despropósito era la tía Coro. En vez de ayudar y consolar a la familia, se dedicaba a manipular a una chica en un momento de máxima fragilidad para acercarla a sus creencias. Qué pena que no se hubiera ido ella de monja, pero de clausura.

En ese momento llegaba Fuentes.

—¡Uf!, jefa, otro día mándeme a la guerra. ¡Vaya colección de cacatúas!

Carmen le hizo una seña para que entrara en el despacho.

—¿Has averiguado algo de interés?

Fuentes negó con la cabeza.

—Algunas han hablado más de veinte minutos para no decir nada. Una me ha contado una función de teatro que hicieron en las monjas, ¿se lo puede creer?

Carmen asintió recordando a la que tenía un disgusto ho-rro-ro-so, seguro que era ella.

—La única que parecía tener algo en la cabeza era Patricia Múgica —prosiguió Fuentes—. No ha soltado prenda, pero para mí que tenía alguna idea de para quién podía ser el reloj.

—¿Qué ha dicho?

—Pues ha sonreído y ha dicho: «¿Un Patek Philippe?, vaya, vaya.» Yo le he preguntado qué pensaba y ella ha contestado que no tenía ni idea de para quién podía ser. He insistido, pero ha asegurado que no tenía ninguna información y que no iba a dedicarse a contar imaginaciones o chismorreos.

Carmen bufó.

—Jesús, ¿qué dejarán para los tribunales? En este momento lo que necesitamos son chismorreos e imaginaciones, precisamente.

Iñaki entró en el despacho con unas hojas impresas.

—No he encontrado gran cosa, puedo buscar más. Parece que es una comunidad muy estricta. Viven en unas condiciones muy duras: sin calefacción, comiendo de lo que la gente les da... utilizan cilicios y ven muy poco a sus familias. Hay un foro de padres en internet que las acusa de lavar el cerebro a las chicas. La posición oficial de la Iglesia no es muy clara, pero siendo católicas, si no se opone la jerarquía de la Iglesia, no creo que haya mucho que hacer. Es como el Opus.

Carmen asintió. Como el Opus pero en incómodo, pensó. Por eso no había sido la elección de Coro Sasiain. Mucho rezo, mucha devoción, pero Hotel de Londres, masajes y ropa cara. Intentó sacarse esas ideas de la cabeza. A fin de cuentas aquello no era asunto suyo. No tenía por qué sentirse responsable de los hijos de Cristina Sasiain; debía centrarse en su trabajo: aclarar quién la mató.

VEINTE

—No sé si va a servir de algo, pero voy a intentar hablar con Patricia Múgica antes de ir al desfile —le dijo Carmen a Lorena—. Vive en la calle Oquendo, al lado del hotel. La he llamado y está en casa. Es posible que no quiera chismorrear, pero tampoco confío mucho en la capacidad de Fuentes para sonsacar secretos.

—¿Quiere que la acompañe? —preguntó la joven.

—No, tengo la sensación de que cuanto menos público, más fácil será sacarle algo. Espérame en el bar Tánger, no tardaré.

El portal estaba abierto y subió en un ascensor chirriante hasta el quinto piso. Patricia Múgica no parecía sorprendida de la visita. La invitó a pasar a una sala grande y despejada con pocos muebles pero bonitos. Algunos objetos mostraban la afición a los viajes de la dueña del piso, pero también eran escasos y selectos, nada de montones de figuras talladas de países africanos o banderines de Nepal. Unas lámparas de aspecto marroquí iluminaban la estancia. Carmen pensó que, para cuando resolviera el caso, las casas elegantes de Donostia no iban a tener secretos para ella. Era como hacer un curso intensivo de decoración.

—Perdone que la moleste de nuevo, señora Múgica. Sé que un suboficial ha estado hablando con usted y sé que no tiene certezas sobre nada.

—Pero... —dijo Patricia con una sonrisa.

—Pero no se trata de cotillear, sino de dar pistas sobre los últimos días de la vida de Cristina Sasiain. Muchas de las cosas que se nos ocultan no tienen que ver con su muerte, pero necesitamos toda la información disponible. Cada día que pasa nos aleja de la posibilidad de encontrar al asesino. Por favor, si imagina algo, tiene una intuición, lo que sea, cuéntemelo.

La mujer suspiró.

—La verdad es que fue un fogonazo que me pasó por la cabeza cuando comentó lo del Patek Philippe, pero no tengo ninguna base para pensarlo.

Carmen calló y la dejó seguir hablando.

—A lo mejor es un encargo. No lo sé, Cristina no era mujer de hacer confidencias, pero ya le dije que la noche de la cena estaba como transformada y se me ocurrió que podía estar enamorada. A los pocos días me llamó y me dijo si podíamos tomar un café. Me sorprendió, no solíamos quedar, pero le dije que sí y nos encontramos en una cafetería cerca de su tienda.

—¿Qué quería?

—Primero me preguntó algunas cosas sobre Bali. Dijo que tenía pensado hacer un viaje y quería información. Le prometí que le pasaría direcciones de alojamientos, sitios que visitar, guías, pero no parecía hacerme mucho caso. Luego, como de pasada, me preguntó por las bolas chinas.

—¿Las bolas chinas?

—Sí, en alguna ocasión yo había comentado que las utilizaba para fortalecer el suelo pélvico y que, además, tenía entendido que mejoraban los orgasmos. Cristina se apresuró a decir que había tenido algún problema leve de incontinencia y que quería remediarlo.

—Pero es posible, ¿no?

—Sí, pero se puso colorada al preguntarlo. Y no era una mujer mojigata, creo que no quería darme muchas explicaciones sobre por qué las quería. Ya le he dicho que era una tontería, pero ese brillo en la mirada, el afán por parecer más joven, los juguetes sexuales y un Patek Philippe... No sé, yo que usted buscaría un hombre.

—Pero es que ya lo hemos encontrado, José Ángel Barandiarán era su amante y estuvieron juntos el día que murió.

—Bah, he dicho un hombre. Barandiarán es una

cacatúa, o una cornucopia como las que vende en su tienda.

Carmen se sentía perpleja.

—Mire, ya le he dicho que era todo muy vago, pero de lo que estoy segura es de que Cristina tenía un secreto. Y, conociéndola, es probable que el secreto estuviera relacionado con algún hombre. A lo mejor estoy equivocada, puede que el reloj lo trajera para una clienta, pero creo que hay algo que no nos contó.

—Si Cristina tuviera un secreto ¿a quién se lo confiaría? —preguntó Carmen.

—Es posible que a nadie, era muy capaz de guardar cosas para ella misma. Si quisiera compartirlo, yo diría que Lucía sería la elegida. Era la persona en quien tenía más confianza.

—Gracias, muchas gracias por su ayuda —dijo Carmen.

Patricia esbozó una media sonrisa.

—No sé si la he ayudado o he contribuido a liarla, pero de verdad que no sé nada más.

Al encaminarse hacia el bar donde le esperaba Lorena, Carmen tenía la cabeza hecha un lío: ¿cuántos amantes simultáneos puede tener una mujer?

Eran las ocho cuando entraron en el salón Elkano. Milagrosamente, todo estaba a punto. Bloques que semejaban hielo rodeaban la pasarela. En una pared se proyectaban imágenes tomadas desde el Transiberiano. Un paseo por la tundra que se diría sacado de la retina del mismísimo Miguel Strogoff. Todo estaba decorado en tonos blancos y plata. La sala, pese a su tamaño, estaba abarrotada. Carmen y Lorena se colocaron al fondo. Habían hablado con Ohiana: después del desfile había un cóctel y ella les presentaría a las clientas que deseaban conocer.

Carmen dejó el móvil en silencio pero con el vibrador conectado. Acababa de hablar con su marido, que le dijo que Nerea se había negado a ir de compras y que le había mirado como si estuviera loco por habérselo sugerido. Carmen se sintió fenomenal por poder echar toda la culpa a su cuñado. El médico había dicho que su madre estaba estable y que posiblemente le daría el alta al día siguiente, si les parecía bien la alternativa de la hospitalización domiciliaria.

De pronto se oyó una música rusa, a Carmen le sonó a Rimsky-Korsakov, aunque sus conocimientos musicales dejaban bastante que desear, y salió la primera de las modelos con un abrigo largo con un gorro a juego. A Carmen le recordó a las películas de James Bond. Según el folleto que les habían dado a la entrada era un abrigo de zorro azul.

Las primeras modelos desfilaron caminando y con aire majestuoso, a juego con la música que sonaba. Así que esto era el mundo del lujo, pensó Carmen. Le fascinaban a partes iguales la pasarela y el público. Tenía la sensación de que los brillantes refulgían en la sala. Probablemente en el guardarropa había muchas más pieles que en la pasarela. Intentaba adivinar qué tipo de piel era cada abrigo antes de mirar el folleto, pero no acertaba ni uno. ¿Quién hubiera dicho que los lobos eran tan peludos? Y por lo visto había zorros de todos los colores del arco iris: plateados, rojos, azules...

Un cambio en la música, algo que sonaba como música del Renacimiento. La coreografía empezaba solemne y se iba volviendo desenfadada con un cambio hacia música de rock. Las modelos bailaban con atuendos estrafalarios, confeccionados con pieles teñidas de colores. Según el programa era la colección Firenze. Luego volvieron a desfilar con abrigos clásicos. Resultaba increíble cómo se transformaban las chicas, de parecer niñas jugando con disfraces de colores y melenas sueltas a lucir como mujeres sofisticadas con moños altos y zapatos de tacón, erguidas y vanidosas como divas del cine de los años cuarenta. Pensó que el *backstage*, como le llamaban ahora, debía de ser un lugar frenético, aunque imaginó a Elena Gaínza controlándolo todo con serenidad y a Ohiana como una ardilla, corriendo con prendas arriba y abajo, pasando horquillas y calzando botas con tacón. Para cerrar el desfile sonó la marcha nupcial y apareció una novia con una túnica y un visón blanco. Era una chica preciosa, de un rubio nórdico, parecía no llevar maquillaje y una corona de flores blancas diminutas le daba el aspecto de un ángel o una ninfa. Iba del brazo del joven mulato que llevaba un abrigo de leopardo. Formaban una pareja espectacular. Al terminar la colección, comenzaron a pasar camareras con bandejas de canapés —Carmen dudaba de que en ese entorno se les pudiera llamar pinchos— y bebidas.

Ohiana, con aspecto de haber corrido una maratón, cumplió lo prometido y se acercó para indicarles quiénes eran las clientas selectas.

Carmen y Lorena se sentaron en una zona de sofás y pidieron a la chica que las avisara de una en una. No llevaban uniforme, por supuesto, pero les parecía que iba a causar mucha conmoción que se acercaran y enseñaran la placa en uno de los grupitos que se habían formado.

La señora Arbelaitz fue la primera. Era una mujer elegantísima, aunque sin estridencias. Fue muy amable y se mostró colaboradora, pero nunca había encargado nada a Cristina. Ella misma se ofreció a avisar a su amiga Sophie, que también estaba en la lista.

Tampoco esta entrevista aportó nada de interés. A Sophie le había traído el año anterior un frasco de un perfume que elaboraban para ella en una tienda de París, pero nada más. Las otras clientas tampoco aportaron nada: nadie había encargado un reloj y nadie estaba al tanto del viaje a Suiza.

Carmen y Lorena se miraron desanimadas. De pronto Carmen vio en un extremo del salón a Lucía hablando con Coro Sasiain. Lucía parecía enfadada, gesticulaba mucho más de lo habitual en ella. Coro parecía mucho más contenida. Tenía los brazos cruzados y no cambió la expresión de la cara en ningún momento. Al poco rato, Elena, la encargada, se acercó a ella y reclamó su atención, porque Lucía se marchó tras ella.

—¿Quiere que intentemos hablar con alguna de las modelos? Ya que estamos aquí... —dijo Lorena.

Carmen asintió, pese a que no tenía muchas esperanzas de conseguir algo. De nuevo recurrieron a Ohiana. Las modelos eran fácilmente distinguibles en el salón, no solo por su estatura y delgadez, sino porque la mayoría llevaba alguna prenda de la colección Firenze: un chaleco trenzado de ante de colores, un vestido hecho con retales de piel teñidas en varias gamas de azul, un poncho... Carmen pensó que sería parte de la promoción. Aquellas prendas extravagantes resultaban atractivas en esas muchachas que podían ataviarse con un saco de patatas y despertar envidia, aunque le costaba imaginar ni a la más estilosa de las clientas con una de aquellas cosas. Quizás sus hijas...

Llevada por un impulso que nada tenía que ver con el caso, Carmen se dirigió a Lorena:

—Empieza tú, yo voy un momento a hablar con Coro Sasiain.

La mujer estaba sola, sentada muy erguida al fondo del salón. Carmen se acercó a ella.

—Su sobrino está preocupado.

—¿Álvaro?

—No, Guillermo. Cree que su hermana va a meterse en una secta.

—¿Y puede saberse qué pinta usted en los asuntos familiares?

—Nada, tiene razón, pero el chico me pidió ayuda para investigar la secta donde quiere entrar Cristina.

—No es ninguna secta, es una comunidad de monjas católicas que viven de una forma austera, piadosa y alegre.

—Parece ser que hay denuncias de padres...

—¡Tonterías! El Obispado las respalda y me parece lo mejor que puede hacer mi sobrina.

—¿No cree que en este momento Cristina está un poco confusa para tomar decisiones?

—Precisamente, la muerte de su madre y el pecado que estuvo a punto de cometer le han abierto los ojos. Como a san Pablo cuando cayó del caballo. Y va a contar con mi ayuda para seguir su vocación.

—No hubiera dicho que usted se inclinaría por una

orden religiosa tan austera —comentó mirando el visón que reposaba en la silla.

—A Dios se le puede servir de muchas maneras. Y no tengo por qué darle explicaciones. Si me disculpa.

Y salió del salón taconeando con firmeza.

Carmen se acercó al sofá donde estaba Lorena con una de las modelos, que se levantó al llegar ella.

—¿Qué tal?

—Por ahora, nada —contestó Lorena—. La mayoría apenas conocían a Cristina, para muchas es el primer desfile y han tenido más trato con Elena.

En el momento en que se acercaba la última de las modelos, Carmen, con el rabillo del ojo, vio a Lucía discutir con el modelo mulato. Decididamente, la mujer no podía con tanto estrés; de ser la imagen de la calma había pasado a discutir con todo el mundo aquella tarde. El chico la dejó con la palabra en la boca y salió dando zancadas.

La muchacha se sentó en el sofá como si se posara. No era tan joven como las otras, tendría unos treinta años. Era pelirroja y a Carmen le pareció una belleza prerrafaelita: parecía ir a levitar de un momento a otro. Lidia, que así se llamaba, hablaba con mucha más claridad y precisión de la que su aspecto hubiera hecho sospechar.

—Sí, conocía a Cristina hace años. Era amiga de mi madre. Yo siempre he participado en los desfiles, desde que tenía diecisiete años. Y es verdad que en el último tiempo estaba diferente, no asustada ni preocupada, todo lo contrario: yo diría que radiante.

—Eso han dicho algunas personas, que estaba contenta; probablemente porque venían sus hijos por Navidad.

—No, yo diría que era algo más. Parecía enamorada. Ya saben, ese brillo en los ojos, ese cambio en la forma de vestir, de moverse.

Un resorte se activó en la cabeza de Carmen. ¿Por fin alguien iba a decir algo relevante?

—Nos han dicho que iba a hacerse una operación de cirugía estética. ¿Cree que podría tener relación?

La chica puso cara de tristeza.

—Así que era cierto...

—¿A qué se refiere?

—Tenía la impresión de que le gustaba Ariel, ya saben, el chico que desfila con nosotras. Desde que empezó a trabajar para ella yo veía cómo lo miraba. Pensé que se había encaprichado. Ariel es muy guapo, ya lo han visto, pero no tiene nada en la cabeza. Además, se llevaban veinticinco años, era una locura. Pero si ella estaba dispuesta a operarse, con el miedo que le daban los hospitales, es que la cosa iba más en serio de lo que pensaba. Y además está lo del reloj...

—¿Qué reloj? —preguntó Carmen totalmente alerta.

—Uno que ella le regaló. Un día que habíamos quedado para preparar cosas para el desfile, él llevaba un Swatch de colores. Cristina le llamó un momento a su despacho con el pretexto de enseñarle unas muestras. Al salir él llevaba un Patek Philippe. Me fijé porque me encantan los relojes, aunque él se estiró la manga enseguida para que no se viera.

—¿Cree que alguien más se dio cuenta?

—Lucía. Le miró con una expresión de disgusto que no podía disimular. Nunca le gustó Ariel.

En ese momento alguien pidió silencio porque Lucía iba a pronunciar unas palabras.

VEINTIUNO

—Quiero daros las gracias a todos por acompañarnos hoy. Este desfile tiene un significado muy especial, es una manera de tener a Cristina entre nosotros una vez más, de disfrutar de su talento y de la belleza que era capaz de crear, y estoy segura que ese toque de magia que tenía va a permanecer en nuestro recuerdo para siempre. Quiero agradecer a su familia que haya venido hoy aquí a pesar de su dolor...

El público rompió a aplaudir y Lucía se echó a llorar. Andoni Usabiaga se acercó al micrófono con los ojos brillantes, pero manteniendo el control y comenzó a hablar.

—Nosotros, mis hijos y yo, también queremos agradeceros que hayáis venido. Esto es mucho más que un desfile, es un homenaje a su memoria y la clase de funeral que ella hubiera elegido. Creo que es una manera bonita de recordarla, entre las cosas que más le gustaban: su trabajo, sus amigos, la belleza y la alegría. Me gustaría que todos hicierais un brindis por Cristina esta tarde. Gracias, muchas gracias.

La gente aplaudió de nuevo, visiblemente emocionada, y luego empezaron a abandonar el salón. Los familiares de Cristina fueron los primeros en irse, con buen criterio en opinión de Carmen: no le parecía que los hijos pudieran soportar otra tanda de emociones, abrazos y lágrimas.

Carmen se acercó a Lucía, que parecía agotada. Pese a su elegancia habitual y al maquillaje, parecía haber envejecido diez años en los últimos días.

—Siento molestarla, sé que está cansada; pero tengo que hablar con usted.

Lucía asintió con aire resignado.

—Vamos a otro sitio —contestó—. El bar estará tranquilo a esta hora.

Se sentaron a una mesa. Lucía pidió un agua mineral; Carmen y Lorena, nada.

Le expusieron lo que les había dicho Lidia, y Lucía dejó caer los brazos como si se rindiera.

—Es cierto. Esperaba que no saliera a la luz porque es lo último que les falta a Andoni y a los chicos.

—¿Cómo de seria diría usted que era la relación? —preguntó Carmen.

—Mucho más de lo que yo hubiera querido. Estaba enamorada como una quinceañera. Ya saben que estaba dispuesta a operarse, lo llenó de regalos y hace poco me comentó que pensaba separarse e irse a vivir con él.

—¿Esa fue la discusión que mantuvieron en la tienda?

—Sí. Yo no podía consentir que se arruinara la vida de esa forma. Al principio pensé que era un capricho; ella llevaba mal hacerse mayor, él es muy guapo y pensé que le halagaba mantener una relación con alguien mucho más joven.

—¿Y él qué decía? —preguntó Lorena.

—Él se dejaba querer. Está aquí sin papeles. No tiene dinero y no hay mucho trabajo de modelo, y menos sin tener la documentación en regla. Una clienta nos pidió que lo contratáramos en el último desfile y nos pareció bien porque no hay muchos chicos, sobre todo con esa presencia. Hay que reconocer que sabe desfilar.

—¿Andoni lo sabía?

—No, Cristina pensaba esperar a pasar las navidades antes de sacar el tema, y yo querría evitar a toda costa que se entere él o los chicos, ¿qué sentido tiene ahora?

—Pero si ese chico estuviera involucrado en la muerte de Cristina...

—Eso es ridículo. Para él esto es una desgracia terrible. Cristina era su pasaporte a una vida nueva: papeles, dinero, lujo... ¿Por qué iba a renunciar a eso? Ariel es un chico listo que sabe lo que le conviene.

—¿Por qué ha discutido hoy con él? —quiso saber Carmen.

—Digamos que ha intentado un chantaje encubierto. Me ha dicho que necesitaba dinero, que dudaba entre pedírmelo a mí o pedírselo a Andoni, que estaba seguro de que Cristina hubiese querido dejarle en una situación segura. He tenido que contenerme para no darle una bofetada.

—¿Y qué le ha contestado?

—Que nadie tiene ninguna obligación moral ni económica con él y que si hablaba con Andoni yo me iba a encargar de que no volviera a trabajar en esta ciudad. De todas formas, hemos quedado mañana en la tienda. Pensaba darle algo de dinero a cambio de que se vaya de aquí. Tengo contactos en Madrid y Barcelona, podría buscarle algún trabajo para intentar quitarlo de en medio.

—Mañana iremos a la tienda a la hora en que han quedado y hablaremos nosotros. De momento, no voy a comentar esto con la familia —dijo Carmen—. Aunque no lo crea, me importan los sentimientos de las personas y sé las consecuencias que una investigación de este tipo trae para todos los inocentes implicados.

—Perdone —contestó Lucía—, no pretendía ofenderla. No creo que usted sea insensible, pero su trabajo puede ser muy cruel.

—Intentaré que solo lo sea lo imprescindible, se lo prometo.

Carmen le hizo una seña a Lorena para que la esperara fuera. Sabía que se estaba metiendo en camisa de once varas, pero no podía evitarlo.

—Ha sido un día muy duro, ¿verdad? La he visto hablar con Coro.

Lucía rompió a llorar.

—No puedo más, está loca, pretende meter a Cristina...

—Lo sé. —Carmen le ofreció un pañuelo—. Vino a verme Guillermo por si podía retener a su hermana o averiguar algo sobre esas monjas. Le aconsejé que hablara con usted.

—Gracias. Sí, me ha llamado esta tarde y he intentado que Coro entrara en razón. No quisiera cargar a Andoni con más preocupaciones. Pero es terca como una mula y ha decidido redimir a su sobrina. Le aseguro que no reconozco en esta mujer a la que fue mi amiga de joven. ¿Quién dice que las personas no cambian? Coro era alegre como unas castañuelas, le gustaban los chicos, bailar y divertirse. Iba a misa como íbamos todas entonces, pero no era una beata. Y no es solo el asunto religioso, se ha vuelto seca, fría. No ha derramado ni una lágrima por Cristina. No entiendo por qué se le ha metido en la cabeza que Cristi se haga monja.

—¿Y Cristina está de acuerdo?

Lucía levantó las manos en un gesto de incomprensión.

—Cristina no sabe qué quiere, tiene las emociones como si se las hubiesen metido en una batidora. Quiere que alguien le diga lo que tiene que hacer, irse de aquí, romper con todo. Qué sé yo lo que le pasa por la cabeza.

—Sé que no es asunto mío, pero quizás puedan hablar con el psiquiatra. No creo que les diga nada, pero pueden explicarle los planes. Dudo que lo vea apropiado después del intento de suicidio. Si es necesario pueden hablar con el juez.

Lucía se secó los ojos.

—Tiene razón, ya lloraré cuando tenga tiempo. Ahora hay cosas por resolver.

De camino a su casa, a Carmen le venía todo el rato a la cabeza un fragmento de una canción de Serrat: «nunca es triste la verdad, lo que no tiene es remedio». Temía que en este caso la verdad fuera tan triste como irremediable.

VEINTIDÓS

Llegó a casa agotada. Puso un baño caliente, un lujo que rara vez se permitía. Echó unas gotas de aceite de neroli, apagó la luz y decidió olvidarse de Cristina Sasiain y de toda la oscuridad que rodeaba su muerte. Le dolía todo el cuerpo y el agua caliente aflojaba un poco los nudos de los hombros y la espalda. Cerró los ojos y suspiró. La imagen de su madre en el hospital pasó ante sus ojos, pero consiguió desecharla y seguir descansando. Estuvo cerca de quedarse dormida en el baño y de pronto una idea parásito se coló y acabó con el bienestar y la relajación.

Salió del baño, se envolvió en una toalla y entró en el salón donde Mikel había dejado un plato de jamón y dos copas de vino.

—¿Por qué se acostó con su amante?

—¿Cómo dices, cariño?

—Cristina Sasiain. Si estaba enamorada del chico, no resulta normal que se acostara con el anticuario.

—Perdona, no entiendo nada.

—Te dije que Cristina Sasiain tenía un amante, pero tenía dos.

—¿Dos? —respondió Mikel asombrado.

—Sí, el anticuario y un modelo joven y guapo. Además, del joven estaba enamorada, planeaba irse con él. Entonces ¿por qué seguía con el amante? ¿Y por qué se acostó con él? No concuerda. Una mujer enamorada no se acuesta con otro, quizás con el marido si pretende disimular, pero ¿con un amante? No tiene ni pies ni cabeza.

Mikel puso cara de que la lógica de las mujeres le resultaba incomprensible y se encogió de hombros.

—A lo mejor le gustaban los dos...

Carmen hizo un gesto despectivo con la mano.

—Eso es imposible.

—Bueno, pues mañana averiguas qué ha pasado.

—No. —Carmen rebuscaba en el armario unos pantalones mientras se secaba el pelo con la toalla—. No puedo esperar a mañana. Me voy ahora.

—Pero, Carmen, has pasado la noche en el hospital, estás agotada, ¿qué importan unas pocas horas?

—De todas formas no iba a descansar hasta que no lo averigüe. No tardaré mucho. Guárdame algo de cena.

Y salió a la calle. Cogió un taxi y le dio la dirección del anticuario. Afortunadamente, no vivía en Fuenterrabía, sino en el centro de la ciudad. Tuvo suerte y la voz de José Ángel Barandiarán contestó al telefonillo. Esta casa no tenía cámara, pero no era menos señorial que las otras que había visitado.

Si al hombre le extrañó la visita pasadas las diez de la noche, no lo demostró. La invitó a pasar a un salón decorado con muebles que sin duda procedían de la tienda. Algo recargado para el gusto de Carmen, pero confortable.

La mujer fue al grano. Le explicó las últimas averiguaciones y las conclusiones que había sacado.

El anticuario no contestó de inmediato. Le ofreció algo de beber y ante la negativa de Carmen se sirvió una copa de vino.

—Ya sé que no puede prometerme confidencialidad, pero le agradecería la máxima discreción.

Carmen meneó la cabeza.

—Digamos que hasta el momento yo estoy siendo muy considerada y estoy más que harta de oír mentiras. Dígame la verdad y veré qué puedo hacer.

—Cristina y yo no éramos amantes. No lo fuimos nunca. Éramos amigos desde la juventud. Soy homosexual, pero no me apetecía hacerlo público. Le parecerá absurdo, pero empecé ocultándolo por mi familia y nunca he encontrado el momento de dar el paso.

Tampoco he tenido una relación estable que haya propiciado comentarlo. Actualmente, tengo un amigo en Madrid y no interfiere en el papel que me he creado aquí. Aunque no lo parezca, esta sigue siendo una ciudad muy provinciana.

—¿Y le parecía mejor el papel de amante de una mujer casada?

—Naturalmente. Mucho mejor. Ese papel me daba un cierto prestigio de seductor y apartaba de mí a las mujeres. Y a Cristina le permitía llevar sus asuntos con discreción.

—¿Se da cuenta de que ha mentido en una investigación de asesinato? ¿No es consciente de la gravedad del asunto?

—Lo siento, le hubiera dicho la verdad si hubiera pensado que tenía relación con su muerte, pero estaba seguro de que no.

—Eso nos corresponde decidirlo a nosotros. La reconstrucción de las últimas horas de Cristina es errónea y usted tiene la culpa. Vamos a ver si esta vez me habla con total sinceridad. ¿Sabía el marido la verdad de la relación que mantenían?

—No, era el principal destinatario del engaño. No le importaba que su mujer tuviera un asunto de poca trascendencia, pero le hubiera humillado el asunto de Ariel.

—¿Había tenido otros amantes antes de Ariel?

¿Desde cuándo duraba ese simulacro de relación entre ustedes?

—Sí, tuvo otros amantes. Su relación matrimonial era muy fría. El simulacro, como usted lo llama, empezó por casualidad. Al principio yo era su coartada: decía que venía a mi tienda, que había quedado conmigo para ir a una exposición, cosas así. Hasta que la gente empezó a murmurar. Primero nos hizo mucha gracia, pero luego pensamos que la situación podía ser provechosa para los dos. Y las temporadas en que ella no mantenía ninguna relación, seguíamos viéndonos porque de verdad éramos muy buenos amigos. Igual no me ha visto llorar por los rincones, pero le aseguro que he sentido mucho la pérdida de Cristina.

—¿Cree que pensaba separarse?

—Bueno, eso decía. Estaba realmente trastornada por el chico. A mí me parecía una locura e intentaba que no tomara una decisión precipitada. Le tenía mucho cariño, oficial, era una mujer fantástica. Y estaba seguro de que no iba a ser feliz con ese muchacho. Era una historia muy difícil en cualquier parte pero, en Donostia, imposible.

—Ahora debería explicarme cómo fueron las cosas en realidad el martes pasado. ¿Llegó a ver a Cristina?

—Sí, siempre quedábamos los martes en algún bar céntrico para dejarnos ver. Ese día, tal como le dije, tomamos una copa en el bar del hotel María Cristina.

Luego la llevé con mi coche hasta casa de Ariel. Era temprano, poco más de las ocho. Ariel tiene un pequeño apartamento en el barrio de Gros. En realidad estaba muy cerca, pero irnos juntos en coche era parte de la tapadera.

—¿Le dijo qué planes tenía para después? ¿Si pensaba pasar por la tienda?

—Sí, no tenía mucho tiempo para estar con Ariel. De hecho, nos encontramos antes que otras veces. Tenía que pasar por la tienda para terminar algo relacionado con el desfile, pero no quería llegar tarde a casa.

—¿Y cree que ese joven puede estar relacionado con la muerte de Cristina?

—¿Ariel? Ni pensarlo, no sé si la quería o no, pero desde luego no le convenía en absoluto que muriera. Ella le hubiera ayudado a abrirse camino, incluso aunque las cosas entre ellos no hubieran ido bien. Era una mujer muy generosa. Por eso no le dije nada; estaba seguro de que las horas eran parecidas, solo que en vez de estar conmigo estuvo con él.

—¿Quién está al tanto de la historia de Ariel?

—Que yo sepa, Lucía y yo. Y, por lo que parece, Lidia, la modelo. Pero es una chica muy discreta, no creo que lo haya contado por ahí.

—¿Cómo cree que hubiera recibido Andoni Usabiaga la noticia?

—Es difícil de adivinar. Supongo que le hubiera

molestado, pero más por el trastorno que iba a suponer en su vida y por el qué dirán. La relación entre ellos era cordial pero poco más. Hace un par de años él tuvo un lío con una chica más joven, parecía un asunto serio. Cristina lo pasó mal, peor de lo que reconocía; pero al final él se echó para atrás. Creo que es un hombre bastante cobarde. Pero para ella eso fue un hito en la relación. Nunca volvió a confiar en él y creo que se sentía moralmente autorizada a liarse con Ariel. Pero es posible que ella se hubiera separado. Si algo no era Cristina, es cobarde.

Carmen se despidió con mejor talante que al principio de la conversación y le prometió manejar la información con tanta discreción como fuera posible.

—La verdad, al final sé que se sabrá. En realidad no me importa tanto, pero no quisiera mezclarlo con esta historia. Y no quisiera que la familia sufra más, más historias, más mentiras, ¿qué van a pensar esos chicos de la vida?

Carmen salió a la calle con la sensación de que todos la veían como el elefante en la cacharrería, destrozando familias, sentimientos y reputaciones. Pero ella no había roto nada, solo levantaba la cortina y mostraba lo que siempre había estado ahí.

VEINTITRÉS

—¿Y no podríamos detener al chico?

Carmen miró a Fuentes con cara de «¿quieres saber lo que es el *mobbing*?». Pero se contuvo al contestar.

—Voy a entrevistarme con él dentro de media hora. Ya veremos qué cuenta, pero por ahora no hay indicios de que obtuviera ningún beneficio de la muerte de Cristina Sasiain. Y no podemos detener a nadie porque necesitemos un sospechoso.

—¿Qué vamos a hacer hoy? —preguntó Iñaki.

—Todo lo que podamos. Es veinticuatro: si entre hoy y mañana no hemos conseguido nada, nos quitarán el caso. Para empezar, tú vendrás conmigo a la peletería a entrevistar a este chico. Lorena, tú y Fuentes seguid con las cuentas y transcribid las entrevistas que hicimos ayer en el desfile. Nos vemos aquí a las doce.

De camino a la tienda, Carmen llamó a su hermana. Su madre estaba mucho mejor y le iban a dar el alta con el servicio de hospitalización a domicilio que pasaría a verla todos los días.

—¿A qué hora le dan el alta?

—Pues cuando pasen los médicos y hagan los papeles, a mediodía. Emilio vendrá a buscarnos para llevarla a casa.

—No, Nerea. Se viene a mi casa, tú bastante has hecho y además tienes a los críos de vacaciones. Iremos Mikel y yo. A la una estamos ahí.

Cortó las protestas y llamó a su marido para que preparara el estudio como habitación y fuera a buscarla a comisaría.

«La vida nunca es fácil», pensó, pero se arrepintió de inmediato al acordarse de la familia de Cristina Sasiain: esas vidas sí que eran vidas difíciles.

Las calles estaban abarrotadas de gente haciendo las últimas compras de Navidad. Recordó que no había comprado nada para su madre ni para sus sobrinos. Tampoco para su cuñado, pero se lo encargaría a Mikel; ella era incapaz de comprarle nada a ese memo.

Las navidades habían llegado en un momento muy inconveniente. Se imaginó a los hijos de Cristina oyendo villancicos en todas las tiendas y películas llenas de amor y *papanoeles* en televisión. Ni siquiera podían irse a la otra punta del mundo, que sería una buena idea en esas circunstancias.

Tardaron más de diez minutos en hacer trescientos metros. El tráfico estaba espeso y los semáforos cambiaban de color dos veces sin que hubieran avanzado. Por fin Carmen se impacientó y se dirigió a Iñaki:

—Yo me bajo aquí; tú aparca donde puedas y vente.

El joven asintió y Carmen se bajó aprovechando el semáforo. Estaba frente a la catedral, en la zona más comercial de la ciudad. Dudó qué calle tomar para no chocar con las multitudes con paraguas que se afanaban en las compras navideñas. El viento hacía oscilar peligrosamente las guirnaldas de bolas y angelitos que adornaban la calle San Martín. Carmen recordó que, de pequeñas, su padre siempre las llevaba un día en vacaciones de Navidad a ver las luces en Donostia. A ellas les parecía un plan estupendo y una iluminación suntuosa. Le hizo gracia: ahora aquellas ristras de bombillas en las calles del centro le recordaban a una feria. Cogió la calle Bergara, que estaba menos transitada, y se apresuró en dirección a la Avenida. Se le había olvidado el paraguas en el coche e intentaba pasar bajo los balcones y los soportales donde los había.

Al llegar a la tienda, entró por el portal y llamó al

timbre de la trastienda. Lucía le abrió la puerta. Llevaba el pelo recogido en un moño y tenía cara de no haber pegado ojo.

—Pase. Ariel aún no ha llegado.

Iban a entrar en la oficina de Lucía cuando a esta le sonó el móvil.

Carmen pasó a la tienda para dejarla hablar en privado. Las luces estaban encendidas y se vio reflejada en todos los espejos. No se había dado cuenta de lo numerosos que eran. Se sintió incómoda, con la nariz enrojecida por el frío y el pelo alborotado y una parka que, si bien abrigaba y era impermeable, distaba mucho de estilizarla. Miró los abrigos con curiosidad. Nunca le habían interesado las pieles. No tanto porque le pareciera absurdo matar animales como porque simplemente no le atraían. Tocó una chaqueta que parecía visón, o eso creía. ¿Qué costaría aquella prenda? Miró la etiqueta pero se quedó igual que antes. Solo ponía IAOO. Curioseó otro poco. Un abrigo largo de un color marrón y muy suave. Le pareció una prenda acogedora. En la etiqueta ponía SARA.

Lucía entró en la tienda.

—Perdone que la haya hecho esperar. ¿Le gustan las pieles?

—No, la verdad es que nunca me han llamado la atención, pero vistas de cerca hay prendas que dan ganas de ponérselas.

Lucía asintió.

—Las pieles tienen algo muy sensual, como la seda. No solo abrigan, acarician.

—¿Qué cuesta este abrigo?

Lucía se puso las gafas y miró la etiqueta.

—Cuatro mil quinientos veinticinco euros, para usted cuatro mil quinientos. —Sonrió.

—¿Eso es el precio? —preguntó Carmen señalando las letras de la etiqueta.

—Sí, es un código que utilizamos para que las clientas tengan que preguntar. Si ven el precio igual se alejan de la prenda; si lo preguntan podemos probársela antes de que se hayan apartado.

En ese momento llamaron a la puerta.

—Debe de ser Ariel —dijo Lucía.

—O el agente que me acompaña.

Lucía abrió la puerta e Iñaki entró en la trastienda.

—Esperen en mi oficina —les dijo—, cuando llegue Ariel lo haré pasar.

Transcurrieron cinco minutos en silencio. Largos, tensos e impacientes. Por fin sonó nuevamente el timbre y oyeron las voces de la mujer y el chico. Cuando Lucía le hizo entrar en la trastienda, Ariel se giró mirándola como si le hubiera picado una víbora.

—Me dijiste que estaríamos solos —dijo con tono resentido.

—No fue idea de la señora Noailles. Necesitábamos hablar con usted. Gracias —añadió Carmen mirando a Lucía—. No tardaremos.

Lucía abandonó el despacho sin pronunciar palabra.

—Nos gustaría saber dónde estaba el lunes quince de diciembre entre nueve y once de la noche.

—Estuve en mi casa hasta las diez. Luego quedé con unos amigos para celebrar el cumpleaños de uno de ellos.

—¿Solo?

—Sí —respondió desafiante.

—¿Qué relación tenía con la señora Cristina Sasiain?

—Era mi jefa —contestó hosco.

—¿Solo su jefa?

—Ya le habrán ido con chismes todas las cotillas que trabajan en la tienda. La gente tiene poco quehacer y la lengua muy larga. La señora Sasiain fue muy amable conmigo y me ayudó mucho en el trabajo. Alguna vez tomamos un café. Pero todas las brujas envidiosas tienen que chismorrear cuando ven a un hombre y una mujer juntos.

—Lleva un reloj muy bonito —comentó Carmen con tono de admiración.

El joven se bajó la manga en un gesto inconsciente.

—Mire —dijo Carmen en tono paciente—, me estoy cansando de jugar al ratón y al gato. Tenemos testigos de la relación que mantenía con Cristina Sasiain, de manera que adelantaremos más si me dice la verdad. No estoy aquí para investigar su vida amorosa sino un crimen.

—Y yo le digo que estos testigos mienten. Es su palabra contra la mía.

—De acuerdo, como prefiera. Ahora nos acompañará a comisaría para tomarle una muestra de saliva para analizar el ADN. Si concuerda con el del semen que apareció en el cuerpo de Cristina Sasiain va a tener que explicar muchas cosas.

No tardó ni tres segundos en cambiar la estrategia. El chico era rápido, de eso no había duda, pensó Carmen.

—De acuerdo, ella estuvo en mi casa, la trajo ese ganso que le sirve de tapadera. Estuvimos poco tiempo juntos, ella tenía que venir acá y se fue a las nueve. El resto es verdad, cuando ella se fue estuve con los amigos.

—¿Puede darme sus nombres y teléfonos, por favor?

El joven obedeció y Carmen hizo una seña a Iñaki, que salió a comprobar los testimonios de la coartada antes de que Ariel pudiera hablar con ellos. Siguió una parte rutinaria de lugares y horas. El chico estaba entre enfadado y asustado, pero se controlaba. Carmen pensó que tenía un aspecto frío, de calcular bien riesgos y beneficios. Y desde luego, era uno de los hombres más guapos que había visto nunca y, pese a su juventud, no tenía un aspecto nada aniñado; no despertaba instintos maternales. Carmen comenzó a comprender lo que podía haber sentido Cristina.

—Cuénteme cómo era su relación con la señora Sasiain.

—Eso es algo personal.

—En una investigación de asesinato, nada es personal. ¿Cuándo comenzaron a ser amantes?

—Hace unos meses, en otoño. Nos conocíamos desde hace un año, del mundo de la moda. Coincidimos en una fiesta del festival de cine. Bailamos, bebimos bastante y le dije que viniera a mi casa.

—Tenían intención de irse a vivir juntos...

—Sí, ¿a usted también le escandaliza? Todo el mundo cree que soy un gigoló, pero Cristina me hacía sentir bien, importante. No se avergonzaba de mí. Era una mujer valiente. Es absurdo que me estén interrogando; pregunten a esos que la criticaban, que temían el escándalo. Aunque yo solo hubiera querido su dinero, habría sido una estupidez matarla.

—¿Tiene idea de quién pudo hacerlo?

El chico se encogió de hombros.

—No, no lo sé. Cualquier bruja envidiosa como esa Lucía.

—¿El marido sabía de su relación?

—No, ella se lo iba a decir cuando se fueran los chicos. Pero a ese tipo le hubiera dado igual, no tiene sangre en las venas. Cristina me dijo que llevaban años sin tener sexo.

—No puede abandonar la ciudad en los próximos días. Es posible que necesitemos hablar de nuevo con usted.

Al salir del despacho Ariel se dirigió a Lucía.

—Me parece que voy a hablar con la prensa. Una historia de interés humano siempre vende en navidades, ¿no cree?

Lucía era de las personas a las que la ira hace palidecer. Antes de que respondiera, Carmen se adelantó:

—Señor Rodrigues, no creo que sea buena idea. Necesitamos la máxima discreción para llevar a cabo nuestras investigaciones y tampoco creo que a usted le interese llamar la atención sobre su situación irregular, ¿no es cierto? Mejor esperamos a que se resuelva este caso y después pensamos lo que es más conveniente para todos. O si lo prefiere, viene con nosotros a comisaría, le explico la situación al juez y le retenemos unos días, hasta que estemos seguros de que no está implicado en el asesinato de la señora Sasiain.

Ariel se giró con gesto de perdonarle la vida y salió dando un portazo.

—¿Cree que será tan canalla como para vender la historia? —preguntó Lucía.

—No lo creo, le interesa pasar desapercibido. No quiero ver ni una palabra más en los periódicos hasta que no lo aclaremos.

—Gracias por intentarlo —añadió la mujer— y disculpe por acusarla de todos nuestros males.

Carmen sonrió con tristeza.

—No se preocupe, estoy acostumbrada.

VEINTICUATRO

El autobús al Antiguo avanzaba despacio, a trompicones, abarrotado de gente y con los cristales empañados. Un frenazo casi la hizo caer. Carmen maldijo el invierno, la lluvia, las navidades y las investigaciones pringosas que no tenían fin. Le quedaba una hora escasa para hablar con su equipo y pensar qué se podía hacer. Aunque quizás le sobraran cincuenta minutos. No sabía cómo seguir. Ariel le parecía otra vía muerta. Otro contratiempo, otro trapo sucio que sacar a la luz y ningún avance.

Se bajó en la avenida de Zumalakarregi con un suspiro de alivio.

Cuando entró en el despacho, Lorena e Iñaki hablaban por teléfono mientras Fuentes escribía algo en el ordenador.

—Hola, jefa —dijo Lorena—. Tenemos comprobada la coartada de Ariel Rodrigues. ¿Quiere comparar los locales que dice que visitó con los que han dicho sus amigos?

Carmen asintió y sacó la lista. Coincidían.

—Vale, otro que está eliminado.

—¿No cree que podría haber amañado la coartada antes con sus amigos? —preguntó Fuentes.

Carmen se reprimió antes de contestar y solo dijo:

—A mí también me gustaría encontrar un culpable, Fuentes.

El hombre apretó los labios y siguió tecleando sin mirarla.

—Tengo que subir al hospital a buscar a mi madre. Cuando vuelva, iremos a hablar con Andoni Usabiaga. Quiero estar segura de que realmente no sabía nada de la historia de su mujer con Ariel.

—De acuerdo —dijo Lorena—. Comprobaremos si el chico tiene antecedentes.

Carmen se encogió de hombros. Se abrochó el abrigo y salió del despacho arrastrando los pies.

Su madre parecía haber perdido diez kilos en dos días. Estaba vestida y sentada en la cama con cara asustada. Carmen estuvo a punto de echarse a llorar al verla tan frágil, tan sumisa. Mikel salvó la situación con un abrazo de oso y dos tonterías que hicieron reír a la mujer. Recogieron unos papeles en el mostrador y Carmen esperó con su madre en el vestíbulo a que su marido acercara el coche a la puerta. Hablaron poco en el trayecto hasta casa. Su madre miraba por la ventanilla con aire ausente. Al llegar quiso acostarse, y solo aceptó tomar un vaso de leche. Mikel había arreglado el cuarto de invitados, toda la casa estaba recogida y había preparado sopa y merluza rebozada porque sabía que a su suegra le gustaba. Carmen miró a su marido con cara de culpa.

—Tengo que irme.

—Ya lo sé —contestó él.

—Te prometo que vendré pronto.

—Mejor prométeme que no vas a pasar la tarde sintiéndote una mala hija, una peor madre, una pésima policía y una esposa terrible.

—Te olvidas de añadir a la lista una cuñada odiosa.

—Bah, eso no te produce ningún remordimiento —rio Mikel.

En el portal se encontró con Ander, que entraba, y recordó de pronto que no había comprado nada a sus sobrinos. Sin hacer ningún caso de las airadas protestas de su hijo, sacó dinero del bolso y le encargó que comprara algo para sus primos.

—¡Pero, *ama*! Borja es un pijo y no sé qué les gusta a los de doce años.

—Pues averigua los gustos de los pijos y lo que interese a los gemelos no andará muy lejos de los Rosacruces y estas tonterías que te gustan a ti. Y, por una vez en la vida, podrías colaborar en algo sin protestar.

Algo debió de ver el chico en la expresión de su madre que le llevó a guardarse el dinero en el bolsillo y no añadir nada más.

Cuando el primer golpe de frío le dio en la cara, reparó en que tampoco tenía nada para su madre e intentó detener el ataque de culpabilidad que se avecinaba. Qué bien la conocía Mikel...

Lorena e Iñaki habían llevado unos sándwiches a comisaría. Fuentes no estaba y ella no quiso saber dónde se encontraba...

—Bueno, Iñaki, vete a casa. Lorena y yo vamos a hablar con el viudo y luego también nos vamos.

—Las acompaño, jefa. Esperaré en el coche para no entrar todos, pero a lo mejor saca algo de la visita y aún podemos hacer algo esta tarde.

El camino al faro ya comenzaba a serles familiar. Estaba a punto de cambiar un mal recuerdo por otro. La muchacha abrió la verja sin hacer preguntas. Los perros ladraron a lo lejos.

—Iñaki —dijo Carmen—, entra con nosotras y habla con la muchacha. A lo mejor se ha acordado de algo.

Atravesaron el vestíbulo. Allí no había nada que recordara a la Navidad, ni adornos, ni felicitaciones. Carmen pensó que era una suerte que Cristina no fuera de las que adornan la casa en el puente de la Constitución. Hubiera resultado obsceno ver lucecitas brillando en aquella casa que parecía un mausoleo.

Andoni Usabiaga les recibió en su estudio. Pese a las ojeras y al aspecto cansado, seguía siendo un hombre atractivo.

Sobre la mesa había una caja de cartón abierta y un montón de fotos de Cristina Sasiain desparramadas. A Carmen se le fueron los ojos.

—Era preciosa —dijo Andoni—. Mire esta, de cuando empezamos a salir —dijo mientras le tendía una foto en la que se veía a una muchacha poco mayor que Cristi con pantalones vaqueros y una camisa blanca. Llevaba el pelo recogido en una coleta y sonreía, radiante, a la cámara—. Esta es nuestra boda.

Carmen y Lorena miraron la foto de unos novios jóvenes y guapos. Ella llevaba un vestido de aire romántico y un tocado que parecía de bailarina. No se atrevían a interrumpir al hombre y vieron otras fotos en silencio. Lorena dijo tímidamente:

—Era muy guapa...

—¿Han averiguado algo, oficial?

Carmen tragó saliva. No le apetecía nada la tarea que tenía por delante. En esos momentos lamentaba de verdad que en su juventud no hubiera mujeres bombero. Hubiera preferido apagar mil fuegos forestales antes que hurgar en las heridas ajenas, revolver todas las miserias, mortificar a las víctimas. Tenía que dar ese paso porque ya no sabía cuál dar. Y lo peor es que muchas veces el daño que hacía resultaba gratuito, no le acercaba más a la resolución del caso. Se acordó del pobre Kepa García, intentando recuperar un equilibrio precario que le habría costado años alcanzar y que la investigación había desbaratado de un manotazo.

—No, me temo que nada esclarecedor, pero tengo que hacerle unas preguntas que quizás le resulten dolorosas.

—Creo que estoy inmunizado al dolor, no creo que se me pueda hacer más daño. Supongo que el sufrimiento es como el frío; pasado un punto, no aprecias la diferencia.

—¿Le suena el nombre de Ariel Rodrigues?

El hombre negó con la cabeza.

—Es el modelo que participó en el desfile de la tienda.

—¡Ah! sí, lo había visto alguna vez por la tienda, creo, ¿por qué?

—Parece ser que mantenía una relación con su esposa —dijo en el tono más neutro posible.

—Eso es ridículo. Ya me comentó que había averiguado la relación de mi mujer con José Ángel y ya le dije que lo sabía. Si hubiera tenido algo con ese chico me lo hubiera dicho. Están ustedes obsesionados con la vida sentimental de Cristina en vez de dedicarse a buscar al asesino.

—Disculpe, ya me imagino que le desagrada esto. Solo buscamos aquello que pueda tener relación con su muerte. Por lo visto, esto era más que una aventura, su mujer planeaba dejarle e irse con él.

—¡Está usted completamente loca! Llevamos veintisiete años casados, nunca hemos tenido secretos. Hemos pasado crisis como todos los matrimonios, pero es absurdo pensar que iba a tener una historia así sin que yo supiera una palabra.

—De manera que nunca le habló de él...

—Nunca. Y ahora váyase. Le he aguantado muchas cosas: que viniera con chismes a casa, que nos importunara en el hospital... Pero esto pasa de la raya. No entiendo por qué no dedican su tiempo a investigar a esos grupos ecologistas, o a cualquier otra gentuza que no soportara que mi mujer fuera rica y tuviera éxito. No hacen más que rondar como carroñeros en torno a mi familia. ¡Váyanse de aquí inmediatamente!

Carmen y Lorena se levantaron y se encontraron en la entrada con Iñaki, que debía de haber oído los gritos de Usabiaga desde la cocina.

—Bueno —dijo Carmen, ya en el coche—, hemos

conseguido amargarle por partida doble las navidades a otra persona; ya nos podemos ir a cantar *Noche de paz* tranquilos.

—No es culpa nuestra, jefa —contestó Lorena.

—Ya lo sé. Es que siento que no hemos hecho más que dar palos de ciego en este caso. Pasado mañana vendrán a relevarnos y quizás, si yo no hubiera sido tan cabezona y hubiera aceptado la ayuda, estaría resuelto.

Iñaki y Lorena permanecieron en silencio. Por fin Iñaki preguntó:

—¿La dejo en algún sitio?

—No gracias, Iñaki. El tráfico está imposible. Iré andando hasta el centro en cuanto haga el informe. Déjame en comisaría y vosotros os podéis ir a casa.

Antes de bajarse del coche, le preguntó a Iñaki:

—¿La chica te ha dicho algo nuevo?

—No creo que nada de interés. Solo que el hijo salió al jardín la noche de la muerte de Cristina. Dice que a veces lo hace cuando no puede dormir, juega un rato con el perro y luego se acuesta. Se acuerda porque le había limpiado las zapatillas de deporte y al día siguiente estaban embarradas otra vez.

—Bueno, eso puede esperar a pasado mañana, no creo que el chaval matara a su madre y por hoy no pienso volver a preguntar nada en esa casa.

Tuvo que insistir para que sus ayudantes se fueran

a casa, pero por fin subió sola a su despacho, escribió un informe que daba cuenta de sus últimas gestiones y salió hacia el centro caminando por la playa sin sentir la lluvia. Entró en una tienda elegante de la Avenida y compró para su madre un echarpe de cachemir que costaba un disparate. El precio de los remordimientos, pensó.

VEINTICINCO

Eran más de las seis cuando llegó a casa. De la cocina salían aromas maravillosos. Besó a Mikel, rodeado de pucheros y cazuelas, con un delantal blanco y un bote de eneldo en la mano. Pensó en el druida de Astérix preparando pociones. Ella necesitaría la de la astucia sobrehumana más que la de la fuerza.

Entró en la habitación de su madre. Tenía mejor aspecto que por la mañana. La besó y le preguntó qué tal estaba.

—Mucho mejor —contestó la mujer—. Ahora mismo me levantaré para ayudar a tu marido —dijo mirando a su hija con reprobación.

—Ni hablar, *ama*. Te quedarás acostada hasta la hora de cenar. No quiero que estés tan cansada que te tengas que acostar antes de la cena.

Su madre intentó discutir un poco, pero a Carmen

le pareció que lo decía con la boca pequeña. Probablemente se encontraba aún muy débil; si no, ni atada habría permanecido en la cama mientras hubiera tareas domésticas por hacer.

—Intenta dormir un poco más, luego vengo a despertarte para que te vistas para la cena.

Su madre refunfuñó, pero se dio media vuelta en la cama.

En ese momento oyó la puerta de entrada y vio a Ander cargado de paquetes.

—¿Qué has comprado, hijo?

—He llamado a la tía Nere. Me ha dicho que a Borja una raqueta de pádel; a los gemelos les he comprado un juego de la wii.

—Ves, si cuando quieres lo haces muy bien. Ayúdame a extender la mesa y estás libre hasta las nueve.

Las siguientes horas fueron agradables. Puso la mesa con esmero: el mantel de hilo que fuera de su abuela, los platos de la vajilla, un centro de velas y flores secas. También adornó el árbol de Navidad, aunque tuvo que bajar a una tienda del barrio porque las luces no funcionaban y los adornos le parecieron pocos y feos. Llevaba años sin poner el árbol, siempre cenaban en casa de su madre y comían en la de su hermana. Rebuscando en la caja encontró unas piñas que sus hijos habían pintado de purpurina de pequeños y le entró un ataque de ternura. Debía de ser el repugnante espíritu de las navidades; llevaba unos días hecha un mar de sensiblerías. Colgó las piñas del árbol, aunque afeaban el conjunto. Si su cuñado se atrevía a hacer algún comentario, le arañaría la cara.

Por fin se duchó y se puso un vestido negro que disimulaba un poco los estragos causados por la dieta del pincho de tortilla y la falta de ejercicio físico. Se maquilló con cuidado. Hacía semanas que no lo hacía y se observó satisfecha al espejo, todavía tenía un pase.

Ayudó a su madre a vestirse. La falda le bailaba y Carmen la ajustó con dos imperdibles.

—Siempre has sido una chapucera —sentenció la madre. Pero acabaron las dos riendo al intentar camuflar los imperdibles bajo una blusa de seda.

—Tú no levantes los brazos, *ama*, y nadie se dará cuenta. Y no te preocupes, que si hay que subir al hospital, te prometo que te quito los imperdibles. Aprendí bien la lección y nunca llevo *culeros*[10] ni calcetines con agujeros por si tengo un accidente.

—Menos mal que te enseñé algo...

A las nueve empezaron a llegar los invitados. Pri-

10. Bragas.

mero su hermana y familia, y solo con diez minutos de retraso, sus hijos.

Su madre estaba erguida en un sillón. Carmen había conseguido adecentarle el peinado con el secador y un poco de laca, y con la blusa de seda y su collar de perlas tenía bastante buen aspecto.

Mikel sacó unas bebidas y algo para picar y, ante la petición de whisky escocés de su cuñado, le colocó una copa de rioja en la mano y le dijo:

—Prueba esto, me lo trae un amigo que tiene una bodega pequeña, a ver tú que entiendes qué opinas.

Emilio se sintió a sus anchas comentando sobre toques amaderados, color rubí y zarandajas por el estilo.

Abrieron los regalos ante la impaciencia de los pequeños, que quedaron fascinados por el juego y estuvieron mucho rato hablando con Ander de rosacruces, caballeros templarios, dragones y similares.

Gorka hizo un esfuerzo y charló con su primo Borja sobre música, lo único que a esa edad tenían en común. Su madre se llevó las manos a la cabeza sobre el disparate de comprar cachemir, con lo caro que era, pero Carmen se dio cuenta de que estaba encantada.

El menú fue del gusto de todos: unos entrantes variados —incluso Emilio tuvo que reconocer que el jamón estaba bueno—, merluza con almejas —uno de los platos estrella de Mikel— y para los gemelos, que aborrecían el pescado, unas hamburguesas especiales para las que el propio Mikel picaba la carne intentando inculcarles algún sentido del gusto y así conseguir que distinguieran una buena hamburguesa de lo que servían en los *mcdonalds*.

La cena se desarrolló sin incidentes graves, pese a que su cuñado estuvo a punto de provocarlos varias veces.

—Rioja, rioja... ¡Donde esté un buen borgoña que se quiten los riojas!

Pero Mikel no entraba al trapo y le pedía consejo sobre los mejores borgoñas con cara de verdadero interés.

Habló de golf, de las vacaciones en un *château* del Loira, de un crucero que iban a hacer con los niños...

Lo peor fue con los turrones y los brindis, que sacó el tema de los inmigrantes.

—Se nos está llenando el país de chusma. Gente que viene a vivir del cuento, a chupar de las ayudas sociales y, encima, la mayoría son delincuentes.

Carmen se metió un trozo de turrón de Alicante en la boca para no hablar y miró a sus hijos con preocupación. Gorka iba a hablar, pero la abuela les sorprendió a todos tomando ella la palabra.

—No dices más que tonterías, Emilio. La gente

siempre se ha movido para buscar comida. Mi tío se fue a la Argentina, tu padre vino de Zamora aquí y ahora viene gente de donde hay pobreza. No creo que sean ni mejores ni peores que los de antes.

Emilio se puso colorado, pero no se atrevió a contestar nada. Los jóvenes pidieron permiso para salir, los niños jugaron un rato con la wii y los mayores comentaron cómo habían cambiado los tiempos, dónde se había visto salir en Nochebuena.

Afortunadamente, la velada no se prolongó porque no querían cansar a la madre.

Cuando cerraron la puerta, Mikel agarró a su suegra y le hizo dar unos pasos de baile.

—Has estado genial, Mirentxu. Vaya cara ha puesto Emilio.

—Ese hombre es tonto de capirote. Ya sé que como tú no hay muchos, esta —señaló a Carmen— ha tenido mucha suerte, pero Nerea podía haberse buscado algo mejor. Mira que de las dos era la más guapa...

—¡*Ama!* —protestó Carmen mientras Mikel se desternillaba de risa.

—Sí, hija, las cosas como son. Tú siempre has sido más lista pero, para guapa, tu hermana.

Carmen refunfuñó sobre la sinceridad y las navidades y ayudó a su madre a acostarse mientras la amenazaba con llevarla a un asilo siniestro.

Luego empezó a recoger la mesa.

—Deja eso —dijo su marido—, mañana hacemos.

—No, no tengo sueño y, para dar vueltas en la cama, mejor estoy recogiendo.

Mikel se encogió de hombros y la dejó poniendo el lavavajillas.

Fregó las copas a mano, con cuidado, y mientras las dejaba sobre un trapo de hilo blanco seguía dando vueltas al caso. Algo se le había pasado por alto. Tenía la misma sensación de cuando intentas recordar el nombre de un actor: cuanto más lo piensas, más huye de tu memoria. Tenía que dejarlo y vendría solo. Empezó a pensar en su hermana y su cuñado y el malestar que le producía siempre ese matrimonio. Hubiera sido fantástico tener un cuñado normal, poder hacer planes los cuatro y haber ido de vacaciones juntos. Ella siempre había tenido buena relación con su hermana. Pese a llevarse unos cuantos años, se habían reído mucho juntas y se habían encubierto ante los padres. Ahora Nerea reía muy poco y siempre estaba a la defensiva porque sabía que a ella no le gustaba Emilio. Se veían a veces, pero no tan a menudo ni con el grado de intimidad que Carmen hubiera deseado.

La cocina estaba impecable y la inspiración no acudía. Se fue a la cama. Leyó un rato y por fin apagó la luz. Durmió profundamente durante un par de horas y se despertó completamente despejada. Tenía la sensación de haber soñado algo importante, algo relacionado con la limpiadora que encontró el cuerpo de Cristina Sasiain. De pronto le vino a la cabeza, había estado allí todo el tiempo y no lo había visto. Miró el reloj. Las cuatro y veinte. No podía despertar a Lorena e Iñaki a esas horas. Cuando Ander entró sigilosamente a las cinco, por poco le da un ataque al ver a su madre sentada en la cocina tomando café y haciendo sudokus.

VEINTISÉIS

Lorena e Iñaki entraron en el despacho de Carmen. Ella estaba hablando por teléfono y con la mano les hizo un gesto de que esperaran.

—Muchas gracias, Lucía. No, no creo que necesite venir por aquí, pero, por favor, es muy importante que me asegure absoluta discreción. Sí, sí, la llamaré en cuanto sepa algo. Gracias.

Miró a los dos jóvenes con lástima. Estaban ojerosos y con aspecto cansado. Era la mañana de Navidad, caían unos copos de nieve para darle a todo un aspecto más idílico, y los pobres estaban allí, media hora después de su llamada, sin una queja, recién duchados y con cara de alumnos aplicados dispuestos a hacer los deberes.

—¿Qué ha pasado? —preguntó Lorena, siempre más impaciente.

—Anoche me di cuenta de algo que siempre había estado ahí y no habíamos visto. ¿Por qué estaba conectada la alarma cuando llegó la limpiadora si Cristina Sasiain no había abandonado la tienda? Y, si estaba conectada desde antes de que la mataran, ¿por qué no sonó cuando estuvieron ella y su asesino en la tienda?

—¿Quién conoce el código de la alarma? —preguntó Iñaki.

—Lucía Noailles, la encargada, la limpiadora y la familia. Esos, seguro; aunque es posible que alguien más del entorno de la tienda lo pueda haber averiguado. Tienen un código para marcar los precios de los abrigos. Según Lucía, es bastante frecuente esa práctica en el comercio. Se busca una palabra de diez letras, todas diferentes, que representan los números del uno al cero. En su caso la palabra era CRISANTEMO. Así, si el abrigo costaba tres mil quinientos euros, la etiqueta ponía IAOO; si cinco mil, AOOO y así sucesivamente.

—¿Para qué hacen eso? —preguntó Lorena.

—Según me dijo Lucía, para que la etiqueta no asuste de entrada. Prefieren orientar ellas a las clientas hacía donde les interese. El caso es que ese código es el mismo que usaron para elegir la clave de la alarma traducida a números: 7234756.

—Tristán —murmuró Iñaki.

—Sí, buscaron algo fácil de recordar para los que

debían saberla, pero fuera del núcleo cercano, tampoco era tan fácil de adivinar.

—Los demás empleados, ¿la saben? —quiso saber Lorena.

—Lucía no lo cree, aunque tampoco es una cosa que se haya pretendido mantener en secreto; solo interesa a los que tienen que usarla. De hecho, de los chicos, solo está segura de que la sabe Guillermo porque a veces se quedaba en la tienda hasta que cerraban. El resto, empleados o modelos, podrían deducirla porque conocen la clave de los precios, pero si se mete mal tres veces se activa y llaman de la central de alarmas: si no dices bien el otro código de seguridad, en este caso, Isolda, avisan.

—Entonces —dijo Lorena—, el asesino tuvo que conectar la alarma, pero ¿por qué?

—Eso mismo le he preguntado yo a Lucía. Lo normal hubiera sido que, si la alarma estaba desconectada porque Cristina estaba en la tienda, el asesino hubiera salido sin necesidad de hacer nada. Pero hay un asunto del que poca gente está al tanto. Si a las once y media la alarma no se había conectado, llamaban de la central para saber si había algún problema. Si no contestaban, llamaban al domicilio de las socias para dar aviso. Esta medida de seguridad extra tenía dos razones: una, que a Cristina se le había olvidado más de una vez conectarla; la otra, que a Lucía le daba miedo que una noche Cristina se quedara hasta tarde y alguien intentara entrar cuando estaba sola.

—Como así fue —dijo Iñaki.

—Sí, pero antes de la hora prevista. Alguien estaba al corriente de esta medida y conectó la alarma.

—¿Quién lo sabía? —preguntó Lorena.

—Lucía, Elena, la limpiadora, Andoni Usabiaga y Guillermo.

—Eso restringe mucho el círculo.

—¿Qué hacemos ahora? —preguntó Lorena.

—La coartada de Lucía está, en principio, demostrada. Eso nos deja a Andoni Usabiaga y a su hijo Guillermo como principales sospechosos. Por un lado hay que asegurarse de que nadie más conoce la contraseña. Deberíamos hablar con la empresa de alarmas.

—¿No podemos descartar al chico? —dijo Iñaki.

—No podemos descartar a nadie, pero podemos priorizar —contestó Carmen.

En ese momento entró Fuentes en el despacho.

—Disculpe, jefa. Estaba en Pamplona, en casa de mi tía Angelines. Está la carretera imposible a pesar de que pasan continuamente los quitanieves.

Carmen sintió algo parecido al afecto por aquel hombre que la exasperaba pero que era capaz de volver de Pamplona la mañana de Navidad y pedir disculpas por el retraso. Además, incluso Fuentes tenía una tía Angelines. Quizás fuera humano, después de todo. Miró por la ventana y vio que la nevada había aumentado en intensidad también allí. Hizo un resumen de lo dicho hasta el momento y Fuentes asintió.

—Espere un momento —dijo. Se levantó y fue a su mesa a buscar unos papeles—. Esto le da un buen motivo a Usabiaga.

Eran los informes económicos que Carmen le había encargado al principio de la investigación.

—La constructora está al borde de la suspensión de pagos. Los ingresos de los últimos años los habían reinvertido en la empresa y algo en pisos de su propiedad que ahora resultan muy difíciles de vender. Yo creo que se mantenían gracias al negocio de la mujer.

Carmen sintió una punzada de remordimientos. Tendía a hacer menos caso de lo que averiguaba Fuentes. A veces sus prejuicios y antipatías personales entorpecían la investigación.

—Por eso nos pareció que tenían poco dinero. Cristina habría invertido casi todas sus ganancias para intentar sacar el negocio a flote —dijo Iñaki.

—Es posible —añadió Lorena— que no fuera a Suiza a llevar dinero sino a buscarlo.

—Bien —resumió Carmen—. Tenemos muchas ideas y conjeturas, pero necesitamos pruebas que apunten en un sentido u otro. ¿Tenemos algo acerca del arma que pueda relacionarla con él?

Fuentes movió la cabeza con aspecto pesaroso.

—No lo creo. Es un arma que no está registrada. Probablemente proceda de una herencia familiar de la Guerra Civil. Es demasiado antigua para venir del mercado negro, nadie compraría un arma así hoy en día.

—Entonces, si descartamos el arma, tenemos información acerca de la situación económica del marido de la víctima y un amante que puede hacer que se tambalee su mundo afectivo, su orgullo, su patrimonio o una mezcla de las tres.

—Pues con eso no conseguimos una orden de arresto ni en broma —dijo Iñaki.

—Necesitamos que confiese, pero no veo cómo hacerlo —añadió Lorena.

—O que meta la pata —dijo Fuentes.

Carmen se levantó y empezó a dar vueltas por el despacho. No podía parar quieta. No admitía estar tan cerca y que se les escapara el caso entre los dedos.

En ese momento sonó el teléfono interior. Carmen lo cogió.

—Sí, dile que espere un momento. Ahora mismo bajo.

Se dirigió a su equipo.

—Es Lucía Noailles. Dice que tiene algo que decirme. Voy a bajar un momento. Creo que hablará más cómoda solo conmigo.

La dueña de la peletería llevaba un jersey de cuello vuelto negro, el pelo recogido en una coleta e iba sin maquillar. Tenía los ojos enrojecidos de haber llorado o de no haber dormido.

Carmen la hizo pasar a uno de los muchos despachos vacíos.

La mujer abrió el bolso y sacó un sobre que le entregó. Carmen lo abrió y comenzó a pasar las fotos que había en su interior. Cristina Sasiain y Ariel saliendo de un restaurante en algún lugar que no era San Sebastián, besándose en una cala desierta, cogidos de la mano en una calle que a Carmen le pareció de Madrid.

—¿De dónde las ha sacado? —preguntó.

—Del cajón del estudio de Andoni. No lo comenté porque estaba segura de que no tenía nada que ver con el crimen. Ahora ya no sé qué pensar. Cuando me ha llamado antes para preguntarme por la alarma, al principio no sabía por qué quería saber el código y cómo funcionaba todo. Luego he atado cabos. Si solo lo sabíamos Rosa, Elena, Andoni, Guillermo y yo...

—Sí, da que pensar, ¿verdad?

—Pero me parece imposible. Conozco a Andoni de toda la vida, es una buena persona y quería mucho a Cristina.

—El amor no es incompatible con el asesinato —dijo Carmen con suavidad. Le daba mucha pena Lucía.

La mujer empezó a llorar.

—Estaba en casa de Andoni uno de estos días. Me había quedado para hacer compañía a Guillermo. Me dolía muchísimo la cabeza y le pregunté al chico si tenían aspirinas. Me dijo que solían estar en el baño o en el cajón del estudio. No encontré nada en el baño y al abrir el cajón encontré estas fotos. No supe qué pensar. Deduje que Cristina no había sido tan discreta como pensaba y que Andoni había hecho que la siguieran. Pero ni por un momento pensé que él pudiera estar relacionado con el crimen. Ahora... ¡Dios santo! ¿Qué va a ser de esos chicos?

—Lo terrible no es que lo sepan, lo terrible es que haya sucedido. Y eso no lo podemos cambiar. Por suerte la tienen a usted.

—Pero yo no soy su familia.

—La que no es su familia es su tía. Usted quiere a esos chicos, eso hace el parentesco.

VEINTISIETE

Daba la una cuando salieron de comisaría. Lucía Noailles dijo que esperaría en el bar de enfrente y pidió a Carmen que le llamara si hacía falta que se quedara con los chicos. «Si hacía falta» era el eufemismo para «cuando detengan a Andoni Usabiaga». Aunque Carmen no las tenía todas consigo. Habían estado reunidos dos horas perfilando el plan. Antes, Lorena había conseguido la orden judicial para registrar la vivienda; Fuentes había confirmado con la empresa de alarmas la explicación de Lucía; Iñaki había repasado con la mujer los nombres de quienes podían saber la clave y, sobre todo, el sistema de seguridad de la llamada; y ella había estado escribiendo, tachando, borrando y volviendo a escribir posibles formas de enfrentarse a Andoni Usabiaga.

La subida al faro estaba completamente blanca y

Fuentes conducía muy despacio. Afortunadamente, no bajaba ningún coche y podían avanzar casi por el centro de la calzada. La nieve junto al mar siempre tiene un aspecto mágico, irreal, pensó Carmen. Era un día de Navidad perfecto, de cuento. Como los libros que leían de pequeñas. El camino le recordó a *Mujercitas*, pero no iban a hacer galletas de jengibre.

—Bueno, jefa —dijo Fuentes—. Esto nos lo ventilamos en un pispás. Ya verá, le apretamos un poco los tornillos y enanito al saco. Aún nos podemos comer el turrón en casa.

Carmen apretó los dientes. Aquel hombre superaba todos los estándares de frases inoportunas de la historia de la humanidad.

Cuando tocaron el timbre, Carmen temió que no les abrieran la verja, pero la muchacha de servicio, en cuanto oyó «policía», se apresuró a franquearles la entrada.

Cuando la muchacha abrió la puerta, Andoni Usabiaga estaba detrás.

—Creo que dejé claro que no pensaba volver a hablar con ustedes en mi casa.

—No hemos venido a hablar con usted —contestó Carmen—. Tenemos una orden de registro y queremos hablar con su hijo Guillermo.

—¿Con Guillermo? ¿Están locos? ¿De qué tienen que hablar con él?

—Puede llamar a su abogado si lo desea. Nosotros

vamos a empezar el registro. Si tiene la amabilidad de indicarnos cuál es el dormitorio de su hijo —dijo tendiéndole la orden judicial—. Como verá, todo está en regla.

Carmen y Lorena subieron la escalera detrás de la chica. Guillermo y sus hermanos abrieron la puerta del salón y preguntaron qué pasaba.

—Nada —respondió su padre—. Han venido para una comprobación de rutina. Volved al salón.

Los chicos pusieron cara de no creérselo pero obedecieron la orden. Carmen tenía el estómago encogido y una sensación de náusea constante.

Se repartieron por la casa: Fuentes entró en el dormitorio del matrimonio, Carmen y Lorena en el del chico e Iñaki hizo como que entraba en el de Álvaro, aunque poco después, tras comprobar que el padre se había reunido con los hijos, se deslizó al estudio. Minutos más tarde volvía a la planta superior. Carmen y Lorena abrieron y cerraron cajones sin mirar nada. Metieron dos pares de zapatillas de deporte en bolsas de plástico. Fuentes ni siquiera hizo amago de buscar. Estuvo jugando con el móvil un rato para hacer tiempo, atento a la puerta por si entraba alguien.

A la media hora bajaron todos al vestíbulo. Andoni salió del salón desencajado.

—¿Puedo hablar con ustedes un momento antes de que llegue el abogado?

Carmen asintió.

—Vamos al estudio —dijo el hombre—. Lorena hizo ademán de acompañarla, pero Carmen le indicó con un gesto que esperara allí junto a sus compañeros. A través de las puertas acristaladas del salón se vislumbraba a los tres hermanos que simulaban ver una película. Carmen sentía la boca tan seca que le parecía milagroso poder hablar, temía que la lengua se le quedara pegada al paladar en cualquier momento. De pronto tuvo vértigo. Cuando lo pensó, la estrategia, aunque arriesgada, le pareció buena. Ahora no las tenía todas consigo. Era un auténtico farol y no estaba jugando a cartas. ¿Qué iba a hacer si Andoni no confesaba? ¿Llevarse de verdad a Guillermo para que entonces la presión fuera insoportable? ¿Utilizarlo como una pieza estratégica, a un chico que estaba sufriendo tanto? Pensó que la urgencia por resolver le había nublado el juicio, pero ya no había vuelta atrás.

—¿Qué quiere de mi hijo?

Carmen sacó el sobre que contenía las fotos de Cristina y Ariel.

—Estaban en su cuarto. Creo que no podía soportar que sus padres fueran a separarse y, sobre todo, que una madre a la que adoraba hubiera perdido la cabeza.

—Eso son tonterías, Guille no sabía nada. Las fotos no estaban ahí.

Carmen simplemente enarcó una ceja.

—No creerá que con eso admito algo.

—Yo no he dicho que su hijo hiciera las fotos —respondió Carmen—. Digo que las vio.

—Mire, yo encargué a un detective que siguiera a Cristina y me trajo esas fotos. No quise admitirlo porque no quería echar más mierda sobre mis hijos. Y no voy a consentir que usted lo haga.

—Lo siento —dijo Carmen, y su voz expresaba lástima verdadera—, pero no son solo las fotos. La chica oyó salir a su hijo aquella noche. Y están las zapatillas que él llevaba. Las llevamos al laboratorio porque se pueden detectar restos de sangre. Supongo que perdió la cabeza... Y ahora, si me permite, Guillermo tiene que acompañarme a comisaría.

Pasaron unos segundos en silencio que a Carmen se le hicieron eternos. Iba a tener que seguir con el juego cruel que había empezado. En ese momento Guillermo asomó la cabeza al estudio.

—*Aita*, ¿estás bien? ¿Pasa algo?

La expresión del hombre cambió totalmente en un instante. Miró a su hijo con una expresión de ternura y tristeza infinitas.

—No, hijo, vete con tus hermanos. Tranquilo.

Cuando el chico cerró la puerta miró a Carmen con aire agotado.

—¿Lo sabe, verdad? —preguntó.

Carmen no respondió. Temía que si decía algo se le

notara la ansiedad y le fallara la voz. No quería moverse para no mostrar el temblor de las manos. La solución pendía de un hilo y no quería estropearlo.

—Sabe que no fue el chico y está intentando presionarme. Pero me da igual. Me equivoqué —la miró con un gesto despectivo—. No crea que un truco tan burdo me iba a hacer confesar si no quisiera. Si no estuviera tan harto de todo. Pensé que lo iba a arreglar todo con un disparo. Ella no se dio cuenta. Ya no le hará falta la cirugía, le ahorré el envejecer. Pero no se arregló nada. Esta familia no tiene arreglo. Quizás Guillermo si encuentra alguien que le quiera de verdad. Álvaro es como yo y Cristina tiene algo roto que no se puede recomponer, de manera que no sé qué es lo que quería salvar, pero ya no me quedan ganas. Vamos, no alarguemos más esto.

—¿Por qué lo hizo?, ¿por celos?

—Por todo. Ella no tenía derecho a destrozar la familia. Pensé que sería más fácil para los chicos pasar un duelo normal y recuperarse que ver a su madre con un gigoló, a su padre en la ruina y a toda la ciudad riéndose de nosotros.

—¿Cuándo tomó la decisión?

—Al recibir las fotos empecé a pensarlo como un juego, para descargar la rabia que sentía. Imaginaba cómo lo haría. Tenía una pistola de mi abuelo, de la Guerra Civil. Lo malo es que el calibre de las balas no permitía asociar el arma con ETA. Entonces pensé lo de pintar los abrigos. Ya sé que no era muy verosímil, pero en la tienda no había dinero para simular un robo y esconder un montón de abrigos iba a ser más difícil. Poco a poco me fue pareciendo más y más posible. Pensaba que lo había tenido todo en cuenta, incluso no llevar mis zapatos por si los analizaban. Ni siquiera estaba seguro de ir a hacerlo... Sin embargo, fue tan fácil... Nada más disparar me di cuenta del asunto de la alarma. Era el único cabo suelto, pero ya no tenía remedio. Si no la conectaba, los de la empresa llamarían a Lucía. No quedaba otra que activarla y esperar que el detalle pasara desapercibido.

Carmen seguía con el estómago revuelto, oscilaba entre la lástima y la repugnancia.

—¿Quiere despedirse de sus hijos?

—No, no me siento capaz. Si pudiera llamar a Lucía...

Carmen asintió y él mantuvo una breve conversación con la socia de su mujer. Luego se levantó y siguió a Carmen. Los chicos continuaban mirando la pantalla de la tele.

Ya en la comisaría y acabados los trámites de la detención y declaración de Andoni Usabiaga, se disponían a irse a su casa cuando Fuentes entró con una botella de cava y cuatro copas. La descorchó entre risotadas.

—Venga, que es Navidad y hemos pillado a ese cabrón. Un brindis.

Un escalofrío recorrió la espalda de Carmen. Lorena e Iñaki parecían incómodos, pero cogieron la copa que les ofrecía.

«No tiene remedio —pensó Carmen—. No puede evitar ser inoportuno, zafio, estúpido, trabajador y leal. No puede evitar ser como es.»

Hicieron un brindis rápido y se dispersaron en la nieve como si quisieran perderse de vista.

Camino de casa recibió en el móvil un escueto mensaje de Lucía: «Cristina se queda en casa.»

Llegó a su casa a las tres, helada y triste. La estaban esperando para comer. Miró a su familia y le entraron ganas de llorar. Pensó en las ridículas rencillas con su cuñado, las discusiones con sus hijos, la salud de su madre. Pequeños problemas sólidos y saludables. Recordó a los hijos de Cristina Sasiain y se preguntó si ella habría querido que solucionara el caso de su asesinato. Estaba casi segura de que no le habría gustado la solución. Murmuró una disculpa para ir a quitarse las botas a la habitación. Su madre fue tras ella.

La besó en la frente y le apartó el cabello de la cara.

—Eres una buena persona, hija, estate tranquila.

Y Carmen lloró abrazada a su madre hasta vaciar el saco de las lágrimas.

AGRADECIMIENTOS

A todos mis amigos y familiares, que leen y releen versiones y ayudan a corregir y dar forma; a Xabier Sagastibeltza, sin cuya ayuda la protagonista no hubiera podido ni abrir la boca; a Ruth, que me quita todas las *y* que sobran; a Almu por la ayuda en el sprint final; a Patricia, que cada verano me regala un manual de puntuación con la esperanza de que aprenda algo y, especialmente, a los miembros del jurado del Premio La Trama: Juan Carlos Galindo, Juan Bolea, Paco Camarasa, Ángel de la Calle y Carmen Romero por haberle dado a *Las pequeñas mentiras* la posibilidad de salir a la luz.